Passion au Castello

MELANIE MILBURNE

Passion au Castello

AZUR

HARLEQUIN

Collection : Azur

Titre original :
HIS INNOCENT'S PASSIONATE AWAKENING

HARPERCOLLINS FRANCE
83-85, boulevard Vincent-Auriol, 75646 PARIS CEDEX 13
Service Lectrices — Tél. : 01 45 82 47 47 - www.harlequin.fr
ISBN 978-2-2804-4817-8 — ISSN 0993-4448

Composé et édité par HarperCollins France. Achevé d'imprimer en janvier 2021.
par CPI Black Print - Barcelone - Espagne
Dépôt légal : février 2021.

FSC
www.fsc.org
MIXTE
Papier issu de sources responsables
FSC® C159065

Pour limiter l'empreinte environnementale de ses livres, HarperCollins France s'engage à n'utiliser que du papier fabriqué à partir de bois provenant de forêts gérées durablement et de manière responsable.

1.

Artemisia Bellante jeta au notaire de son père un regard horrifié.

— Vous devez vous tromper. Comment le *Castello Mireille* pourrait-il être... hypothéqué ? Il est dans la famille depuis des générations ! Papa n'a jamais mentionné d'emprunt à sa banque.

— Ce n'est pas à sa banque qu'il devait de l'argent, répondit Bruno Rossi en poussant vers Artie une liasse de documents. Vous n'avez jamais entendu parler de Luca Ferrantelli ? C'est un promoteur immobilier d'envergure internationale, mais il produit aussi du vin et de l'huile d'olive. Il s'intéresse tout spécialement aux cépages rares, comme ceux que l'on trouve sur les terres du *Castello Mireille*.

Artie baissa les yeux sur les papiers étalés devant elle et sentit un frisson glacé parcourir tout son corps.

— Oui, j'ai vaguement entendu parler de lui...

Elle avait beau avoir passé des années isolée dans la propriété familiale, elle connaissait quand même de réputation ce superbe play-boy milliardaire. Elle avait même vu des photos de lui et s'était pâmée d'admiration comme n'importe quelle femme entre quinze et cinquante ans.

Son regard revint se poser sur le notaire.

— Mais comment cela a-t-il pu arriver ? Je sais que papa a dû se séparer de certains de ses jardiniers pour faire des économies et il avait insisté pour que nous réduisions nos dépenses courantes, mais jamais il ne m'a avoué qu'il avait emprunté de l'argent. Je ne comprends pas de quelle manière M. Ferrantelli a pu entrer en possession de notre propriété familiale. Pourquoi papa ne m'a-t-il rien dit avant de mourir ?

Question plus qu'embarrassante. Et profondément douloureuse. Avait-il voulu pousser hors du nid une fille qu'il trouvait trop solitaire en la précipitant au bord de la ruine ?

Où trouver l'argent nécessaire pour se tirer de cette situation catastrophique ?

Bruno remonta ses lunettes sur son nez aquilin.

— Apparemment, votre père et celui de Luca ont été associés en affaires par le passé. Quand une tempête a frappé le *castello* à la fin de l'année dernière, il a repris contact avec M. Ferrantelli pour lui demander de l'aider. Sa police d'assurance avait expiré, et il savait que si personne ne le tirait d'affaire il n'aurait pas d'autre choix que de vendre.

— Son assurance était arrivée à échéance ? s'écria Artie en ouvrant de grands yeux. Mais pourquoi ne m'a-t-il pas avertie ? Je suis sa fille unique, la seule famille qui lui restait. Il aurait dû me faire suffisamment confiance pour me dire la vérité sur notre situation financière.

Bruno Rossi haussa les épaules.

— Par fierté. Par humiliation. Par honte. C'est ce qui se passe le plus souvent. Il a dû hypothéquer la maison pour payer les réparations. Luca Ferrantelli lui a paru la meilleure solution ou plutôt la seule possible, compte tenu de son état de santé. Mais il n'a pas honoré ses engagements concernant le remboursement de ce prêt, ce qui vous laisse dans cette position plus qu'inconfortable.

Artie sentit une tension s'installer dans son crâne, aussi douloureuse que si on y avait enfoncé des aiguilles chauffées à blanc. Était-ce un cauchemar terrifiant dont elle allait soudain se réveiller ?

Pourvu que ce ne soit qu'un mauvais rêve !

— Papa ne pouvait pas ignorer qu'il devrait un jour rembourser M. Ferrantelli. Comment a-t-il pu en arriver là ? Et Luca Ferrantelli n'avait-il pas fait pratiquer un audit préalable et compris que papa ne serait jamais en mesure de payer ? À moins qu'il n'ait cherché dès le départ qu'à s'emparer de notre *castello* ?

En soupirant, Bruno se pencha vers elle.

— Votre père était un type bien, Artie, mais depuis son accident il n'avait plus le sens des réalités financières. Comme vous le savez, après sa sortie de l'hôpital, il a beaucoup dépensé pour maintenir en état la propriété. Votre mère, elle, avait la tête sur les épaules, mais elle a trouvé la mort dans l'accident, et bien entendu, c'est votre père qui a repris les rênes. Malheureusement, il n'a pas toujours suivi l'avis de ses comptables et de ses conseillers financiers… Je ne suis sans doute pas le premier à vous dire à quel point cet accident l'avait changé. Et, s'il a licencié ses trois derniers comptables, c'est bien parce qu'ils l'avaient averti qu'il lui fallait changer d'attitude. Grâce à l'aide financière de Luca Ferrantelli, vous avez pu soigner votre père jusqu'à son décès. Mais aujourd'hui, à moins que vous ne trouviez de l'argent pour lever l'hypothèque, la propriété reviendra à Luca.

Plutôt mourir que de renoncer sans se battre à sa maison familiale, même si c'était la lutte de David contre Goliath ! Elle saurait trouver le moyen de gagner.

Il le fallait.

Elle sentit un filet de sueur couler entre ses omoplates, mais elle préféra l'ignorer, tout comme son cœur qui battait comme un tambour dans sa poitrine et la douleur qui lui vrillait les tempes. Sous ses pieds, le plancher tanguait comme une coquille de noix prise dans un tsunami.

— Où et quand papa a-t-il rencontré M. Ferrantelli ?

Cela fait dix ans que je ne l'ai pas quitté et je ne me rappelle pas qu'il lui ait rendu visite ici ?

— Peut-être l'a-t-il reçu un jour où vous étiez sortie ?

Sortie ? Elle ne sortait jamais !

Elle n'était plus capable de quitter sa demeure pour rencontrer des amis, et il lui était impossible de voir plus d'une ou deux personnes à la fois. Elle souffrait d'une phobie sociale qui constituait une véritable prison et n'avait plus franchi les murs du *castello* depuis ses quinze ans.

Depuis dix ans.

Autant qu'elle le sache, les gens n'étaient pas au courant, car la dépendance de son père vis-à-vis d'elle lui avait permis de dissimuler sa peur des foules. Elle s'était glissée dans ce rôle d'infirmière qui lui avait fourni un but dans la vie. La plupart du temps, elle réussissait même à éviter les rares personnes qui venaient rendre visite à son père au *castello*. Elle se tenait à l'écart, jusqu'à ce qu'elles soient reparties, mais, durant ces deux dernières années, seuls le médecin et le kiné venaient le voir. Ses prétendus amis s'étaient lassés de lui, et maintenant qu'elle avait découvert sa faillite, elle comprenait mieux pourquoi, l'un après l'autre, ils l'avaient laissé tomber. Scolarisée chez elle depuis son adolescence, elle avait perdu de vue ses camarades de classe. Ses amies auraient voulu qu'elle sorte avec elles, et comme elle en était incapable, petit à petit elles aussi s'étaient éloignées.

Il ne lui restait plus qu'une seule amie : Rosa, leur intendante.

Artie prit une profonde inspiration et ravala les larmes qui brouillaient sa vue. Les mots qu'elle venait d'entendre confirmaient ses pires craintes. Sa maison était totalement hypothéquée, et aucune banque n'accepterait de lui prêter l'argent nécessaire pour l'arracher aux griffes de Luca Ferrantelli. Le seul emploi qu'elle n'ait jamais exercé était de soigner son père. Entre quinze et vingt-cinq ans, elle s'était entièrement consacrée à lui, sans faire d'études, avec la broderie pour unique loisir.

Elle repoussa les papiers en direction de Bruno.

— Et le fonds fiduciaire qui me vient de ma mère ? Ne reste-t-il pas assez pour me permettre de lever l'hypothèque ?

— Il vous reste assez pour vivre à court terme, mais pas pour rembourser l'emprunt.

Le cœur d'Artie se mit à battre plus vite encore.

— J'en ai pour combien de temps ? demanda-t-elle comme s'il s'agissait d'un diagnostic médical.

Elle ne pouvait pas s'imaginer vivant ailleurs qu'au *Castello Mireille*. C'était sa maison. Sa base. Son point d'ancrage.

Son univers tout entier.

Bruno Rossi empila machinalement ses dossiers.

— Un an ou deux. Mais, même si vous arriviez à garder la propriété, son entretien exige de gros moyens, et la tempête de l'année dernière a prouvé à quel point elle est vulnérable. La toiture de l'aile nord a besoin d'être refaite, sans parler de la serre. Cela coûterait une fortune…

— Oui, je sais, reconnut Artie en repoussant sa chaise pour essuyer ses mains moites sur son pantalon.

Chaque jour, elle s'en était bien rendu compte, le *castello* se délabrait davantage, mais elle ne supportait pas l'idée de déménager.

Littéralement, elle ne *pourrait* pas.

Soudain, la panique s'empara d'elle, et elle croisa les bras pour tenter de juguler cette crise d'angoisse. Cela faisait quelque temps qu'elle n'en avait plus subi, mais cette menace rôdait en permanence dans les tréfonds de sa conscience, tel un fantôme malveillant. Depuis son retour de l'hôpital, après l'accident qui avait coûté la vie à sa mère et laissé son père en fauteuil roulant.

Un accident qui, sans elle, ne se serait jamais produit.

Le notaire s'éclaircit la gorge.

— Il y a encore autre chose…

Un nouveau frisson courut au creux du dos d'Artie, qui se redressa pour faire face.

— De… De quoi s'agit-il ? bredouilla-t-elle d'une voix blanche.

— M. Ferrantelli vous propose un échéancier. Si vous en acceptez les termes, en six mois, vous retrouverez la propriété pleine et entière du *castello.*

Le cœur de la jeune femme se mit à battre la chamade, et son anxiété crût davantage encore. Jamais elle ne pourrait rembourser l'hypothèque en si peu de temps ! Qu'allait-il donc lui demander en échange ?

— Un échéancier ? De quelle nature, exactement ? balbutia-t-elle.

— Il ne m'a pas autorisé à vous le révéler. Il veut vous en parler lui-même en tête à tête.

Bruno repoussa sa chaise, visiblement peu pressé de fournir une explication, avant de poursuivre :

— M. Ferrantelli vous propose de le rencontrer lundi prochain à 9 heures précises dans son bureau de Milan pour discuter des différentes possibilités.

Des possibilités ? En pareil cas, elle ne voyait pas ce que cela pouvait signifier et elle ne voulait même pas y réfléchir. Un froid glacial s'insinua en elle. Quels projets monstrueux Luca Ferrantelli pouvait-il nourrir à son égard, alors qu'il ne l'avait jamais rencontrée ? À quoi devait-elle s'attendre ?

9 heures précises. Dans son bureau. À Milan.

Luca Ferrantelli avait le profil d'un homme qui s'attend à ce que ses ordres soient exécutés à la lettre. Mais elle… Il était impensable qu'elle aille à Milan. Ni lundi prochain ni jamais. Elle qui ne pouvait même pas s'aventurer jusqu'aux grilles de la propriété sans être en nage, prise de nausées et folle d'angoisse…

Le cœur battant la chamade, Artie décroisa les bras et agrippa le dossier de la chaise la plus proche.

— Dites-lui que je préfère le recevoir ici. Il m'est impossible de me rendre à Milan. Je ne sais pas conduire et, après ce que vous venez de m'annoncer, je n'ai pas les moyens de prendre un taxi.

— M. Ferrantelli est un homme très occupé. Il m'a expressément demandé de vous dire que…

Artie se redressa et releva le menton en serrant les mâchoires sous son sourire figé.

— Dites-lui que je l'attendrai ici à 9 heures précises lundi. C'est à prendre ou à laisser.

Le lundi suivant à 9 heures, la Maserati de Luca Ferrantelli franchit les grilles rouillées du *Castello Mireille* qui semblait sorti tout droit d'un conte de fées des frères Grimm. Le bâtiment de pierre, vieux de plusieurs siècles et couvert de lierre, se dressait au milieu de jardins à l'abandon depuis des années avec leurs haies trop hautes, leurs rosiers mal taillés, leurs allées envahies par les herbes folles et leurs arbres noueux. Néanmoins, il ne manquait pas de potentiel : depuis qu'il avait pris la direction de la compagnie immobilière fondée par son père, après la mort de celui-ci, Luca avait appris à reconnaître un diamant brut.

Et à propos de diamant…

Il jeta un coup d'œil à l'écrin de velours posé sur le siège du passager et sourit imperceptiblement. Artemisia Bellante serait parfaite dans ce rôle d'épouse provisoire, et cette bague de fiançailles ayant appartenu à sa grand-mère aujourd'hui décédée lui irait à merveille. Son père, Franco, avait fait parvenir à Luca juste avant sa mort une photo de sa fille en lui demandant de s'assurer qu'on s'occuperait d'elle quand il ne serait plus là. Telle la graine d'une fleur, le portrait avait germé dans l'esprit de Luca, elle y avait grandi au point qu'il n'avait plus qu'une idée en tête : rencontrer Artemisia – et lui offrir le moyen de résoudre ses problèmes actuels. Jeune, innocente, isolée du monde, c'était exactement le genre de personne dont son grand-père devrait penser qu'elle ferait une bonne épouse.

Il ne lui restait plus guère de temps pour convaincre son grand-père d'accepter de subir une chimiothérapie, mais il avait encore une faible chance de le faire changer d'avis. Luca aurait fait n'importe quoi, y compris épouser une héritière ruinée, pour que son *nonno*, si vieux et si fragile, puisse vivre encore quelques précieuses années. Après tout, c'était sa faute si son grand-père avait perdu le goût de la vie, et, après avoir anéanti la famille Ferrantelli, il lui devait bien ce maigre réconfort.

Il revit son père, Flavio, et son frère aîné, Angelo, leurs corps sans vie gisant sur la plage, à cause de son imprudence d'adolescent. Son imprudence et leur amour pour lui. Mortelle alliance… Deux vies brisées par sa faute. Deux vies et deux avenirs ruinés. Et le bonheur de sa mère et de ses grands-parents anéanti à jamais. Depuis ce jour cruel, ils n'avaient plus été les mêmes.

Il ferma les yeux pour chasser cette vision et crispa les doigts sur le volant. Jamais il ne pourrait ramener à la vie son père ni son frère. Jamais il ne pourrait réparer le mal qu'il avait fait à sa mère, ni à *Nonna* et *Nonno*. Sa grand-mère était morte un an plus tôt, et depuis son grand-père avait perdu le désir de vivre. Atteint d'un cancer curable, il refusait tout traitement et mourrait bientôt s'il ne changeait pas d'avis. Luca avait eu beau lui parler, le sermonner, le cajoler, le supplier, rien n'y avait changé.

Mais Luca avait un plan qu'il avait bien l'intention de mettre en œuvre, quoi qu'il lui en coûte. Il allait ramener chez lui une jeune et jolie fiancée pour convaincre son grand-père qu'il était prêt à assurer la descendance de la famille Ferrantelli.

Même si la belle histoire qu'il était prêt à lui raconter n'avait rien d'un conte de fées.

Artie vit l'impeccable Maserati bleu roi de Luca Ferrantelli franchir les grilles du *castello,* tel un fauve en chasse. Même depuis le salon où elle se trouvait, elle pouvait entendre le sourd grondement du moteur. Les vitres teintées l'empêchaient de voir le visage du conducteur, mais cet imposant bolide reflétait sans doute la personnalité de son propriétaire.

Cependant Artie en savait déjà beaucoup à son sujet, et même plus qu'elle ne l'aurait souhaité car elle avait consacré le week-end à surfer sur Internet et à lire tout ce qu'on racontait de lui. Luca Ferrantelli était un play-boy avéré qui passait sa vie à négocier des transactions immobilières dans le monde entier et à briser les cœurs des femmes. Il ne s'écoulait guère de semaine sans qu'on voie sa photo dans un magazine, une blonde sylphide pendue à son bras.

La puissante voiture de sport s'immobilisa devant le *castello.* Artie retint son souffle en voyant s'ouvrir la portière, son cœur se mit à battre plus vite, et ses yeux s'écarquillèrent à la vue de l'athlète viril et puissant qui émergea du véhicule. Les photos postées en ligne ne lui rendaient pas justice. Comment pouvait-on être à ce point séduisant ? Son pouls s'accéléra comme si des milliers de papillons battaient des ailes dans son ventre.

Une bonne fée avait dû se pencher sur son berceau : un mètre quatre-vingt-cinq, mince et athlétique, des cheveux noirs et ondulés négligemment coiffés, et un visage d'une telle beauté que même à cette distance, elle en eut le souffle coupé. Comment allait-elle se comporter quand il entrerait dans la pièce et qu'ils devraient respirer le même air, si près l'un de l'autre ?

Comme s'il avait perçu son regard, Luca Ferrantelli ôta ses lunettes de soleil et leva la tête vers elle. Elle s'écarta vivement de la fenêtre et se dissimula contre le mur, une main sur sa gorge serrée, les joues en feu. Il fallait qu'elle se ressaisisse. Tout de suite ! Cela faisait si longtemps qu'elle ne fréquentait plus personne, alors que lui avait visiblement tout du jet-setteur accompli…

Quelques minutes plus tard, Rosa, son intendante, introduisit Luca Ferrantelli dans le salon où se trouvait Artie. En voyant la porte s'ouvrir, la jeune femme sentit le cœur lui manquer. Et si elle rougissait et se révélait incapable d'articuler le moindre mot ?

— M. Ferrantelli, annonça Rosa en inclinant la tête avant de ressortir et de refermer la porte.

La première chose que remarqua Artie fut que ses cheveux n'étaient pas absolument noirs, mais grisonnaient sur les tempes, ce qui lui donnait un air plutôt distingué. Ses yeux noisette piquetés de vert étaient bordés de cils épais d'un noir d'encre. Il était rasé de près, mais, autour du nez et de la bouche, une ombre de barbe se dessinait déjà, sombre et virile.

Dès qu'il fut entré, l'atmosphère de la pièce changea, comme si tout le mobilier, les tapis, les rideaux et les portraits des ancêtres d'Artie retenaient leur souffle, stupéfaits par son allure, sa prestance et l'énergie qu'il dégageait.

— *Buongiorno, Ssgnorina* Bellante, dit-il d'une voix basse et profonde, si sexy qu'Artie en éprouva comme un frémissement dans les reins.

Sa bouche, aussi, lui plaisait. Des lèvres sensuelles merveilleusement ourlées et une imperceptible fossette au menton…

En touchant la main qu'il lui tendait, elle eut l'impression d'être parcourue par une décharge électrique, du bout des doigts jusqu'au plus profond de son corps. Sa poignée de main était ferme, ses doigts longs et bronzés.

— *Buongiorno, signore* Ferrantelli.

Elle aurait aimé lui répondre sur un ton de froide politesse, mais sa voix trembla comme celle d'une groupie qui rencontre enfin l'objet de sa flamme. Elle se sentit rougir et son cœur s'emballa, une fois de plus. Au plus intime de son corps, elle sentait ses hormones répondre à la présence de ce beau mâle.

Lâche-lui la main !

Son cerveau avait donné l'ordre, mais sa main semblait comme paralysée. Comme si elle se trouvait bien là où elle était, au contact de cette peau tiède et sèche, et qu'elle n'avait aucune envie de bouger.

Luca la lâcha, mais ses yeux restèrent rivés à ceux d'Artie qui demeura muette et immobile, comme hypnotisée par ce regard magnétique. Des yeux capables de deviner tous ses secrets les mieux gardés pour se les approprier.

— Tout d'abord, permettez-moi de vous présenter mes plus sincères condoléances.

— *Grazie.*

Elle fit un pas en arrière et, d'une main encore frémissante, lui désigna un canapé.

— Asseyez-vous, je vous en prie. Je vais demander à Rosa d'apporter du café. Comment l'aimez-vous ?

— Noir et bien serré.

Évidemment.

Artie appuya sur le timbre et, tout en commandant le café, observa Luca Ferrantelli du coin de l'œil. Tout en lui exprimait la force et la détermination : sa mâchoire, son regard intelligent, son corps musclé qu'il avait l'air de pousser aux limites de l'endurance. Un homme qui ne laissait rien ni personne le détourner du but qu'il s'était fixé.

Luca attendit qu'elle se soit rassise pour s'installer sur un canapé, en face d'elle. Il étendit la main sur le dossier, dans une posture décontractée qu'elle lui envia. De son côté, elle posa les mains sur ses cuisses pour empêcher ses genoux de trembler non pas de peur, mais d'une étrange excitation, en s'efforçant de ne pas regarder ce corps puissamment musclé et ce visage aux traits réguliers. Que dissimulait ce regard ? Et quel effet ses lèvres fermes feraient-elles, sur les siennes ?

Elle cligna des yeux en se redressant et croisa les jambes pour tenter de mettre un terme au désir qui s'éveillait au creux de son ventre. Que se passait-il ? À peine avaient-ils échangé quelques mots qu'elle le déshabillait déjà des yeux ! Elle serra les poings et s'efforça de sourire.

— Vous avez fait bonne route depuis Milan ? J'espère que ça ne vous a pas trop gêné de venir jusqu'ici.

Qui donc avait prétendu qu'elle était muette ?

Il eut un demi-sourire, et son regard la transperça.

— Cela ne m'a pas gêné du tout. Mais c'est vous qui en avez pris l'initiative.

— *Signore* Ferrantelli, je ne suis pas de ces femmes qui obéissent au doigt et à l'œil.

Le regard de Luca s'assombrit.

— N'oubliez pas que je suis désormais propriétaire de tout le *Castello Mireille*, ou presque, à moins que vous ne puissiez me rembourser dans les vingt-quatre heures ?

Cette menace donna aussitôt envie à Artie de batailler avec lui, et son cœur se mit à battre plus vite encore.

— Le notaire m'a informée de l'arrangement financier inhabituel que vous aviez conclu avec mon père. On peut se demander pourquoi vous n'avez pas acheté le *castello* dans sa totalité, puisque vous en aviez la possibilité.

Il la fixa droit dans les yeux.

— Votre père était mourant et j'ai voulu qu'il puisse conserver sa dignité durant les derniers mois de sa vie.

Artie sentit son cœur se gonfler de colère et lui adressa un sourire ironique.

— Vous me jugez donc assez naïve pour vous croire capable de la moindre compassion alors que vous lui avez arraché cette maison, pierre après pierre ?

Il ne bougea pas, mais un éclair de tension modifia ses traits : sa mâchoire se crispa, son nez se plissa et ses yeux se firent plus implacables.

— C'est votre père qui s'est adressé à moi, l'année dernière, pour me demander de l'aider. J'ai accepté de faire affaire avec lui et aujourd'hui je cherche simplement à récupérer l'argent investi.

Artie bondit du canapé, folle de rage, la poitrine haletante.

— Vous ne pouvez pas me prendre ma maison. Je ne me laisserai pas faire !

Luca Ferrantelli la fixa d'un regard plus dur que le diamant.

— J'ai l'intention de vous rendre le *castello*. Dans quelque temps. Mais il y aura un prix à payer.

— Comment, un prix ? Vous devez savoir que je suis incapable de trouver les fonds pour lever l'hypothèque.

— J'effacerai votre dette et le *castello* sera de nouveau à vous. À condition que vous acceptiez d'être ma femme pendant six mois.

2.

Artie le fixa, bouche bée, le cœur battant si fort qu'il semblait bondir hors de sa poitrine. Avait-elle vraiment bien entendu ou son imagination lui jouait-elle des tours ? Avait-il bien dit « ma femme » ? La femme avec qui un homme était censé passer le reste de sa vie après s'être engagé à l'aimer toujours ?

— Pardon ?

Très à l'aise, il posa la cheville sur son genou plié d'un air parfaitement détendu qui exaspéra Artie.

— Vous avez très bien entendu : j'ai besoin d'une femme pour six mois. Un mariage blanc, répondit-il d'une voix si assurée que l'exaspération d'Artie monta encore d'un cran.

Un mariage blanc ? Elle écarquilla les yeux, froissée dans son orgueil.

— Vous voulez parler d'un mariage de convenance ?

— Exactement.

Elle n'aurait pas dû se sentir blessée, même si sa proposition était inhabituelle, mais quelle femme avait envie de se sentir ainsi rabaissée, comme si elle ne méritait pas d'être aimée ?

Pourquoi voudrait-il de toi ? susurra sa petite voix intérieure. *Et, de toute façon, qui voudrait de toi ? Tu as causé la mort de ta mère et la paralysie de ton père – et tout ça uniquement pour le plaisir d'assister à une fête minable.*

C'est le moment que choisit Rosa, l'intendante, pour

entrer avec un plateau chargé de tasses et d'une cafetière fumante. Dès qu'elle fut ressortie après leur avoir servi le café, Artie posa sa tasse sur la table car sa main tremblait si fort qu'elle redoutait de ne pas pouvoir la porter à ses lèvres. Pourquoi diable cet homme voudrait-il l'épouser ?

Luca décroisa ses jambes, prit sa tasse et avala une gorgée de café. Comme s'il avait oublié qu'il venait tout juste de demander la main d'une parfaite inconnue !

— Pourquoi moi ? questionna Artie, brisant le silence. Vous ne devez pas manquer de candidates toutes prêtes à jouer ce rôle.

Des mondaines. Des top-modèles. Pas des filles qui vivaient cloîtrées, comme elle.

Luca reposa sa tasse sur sa soucoupe avec une précision exaspérante. Un homme comme lui – plein d'assurance et de confiance en lui – avait visiblement besoin de se concentrer sur quelque chose…

— C'est une idée qui m'a été suggérée par votre propre père.

— Mon père ? répéta Artie, incrédule.

— Il se préoccupait de votre avenir, surtout à cause de la dégradation de sa situation financière et de ses conséquences pour vous à long terme. Il tenait à ce que vous ayez de quoi vivre, alors j'ai élaboré ce projet pour que nous soyons gagnants tous les deux, vous et moi. Vous garderez le *castello*, et moi, j'aurai provisoirement une épouse.

Artie croisa les doigts, essayant de contrôler l'accélération de son pouls. Elle sentit ses genoux vaciller, mais elle n'avait guère envie de s'asseoir trop près de Luca Ferrantelli.

— Mais pourquoi tenez-vous tant à ce que je devienne votre… votre femme ?

Ces mots sonnaient étrangement à ses oreilles, mais en même temps elle ne pouvait s'empêcher de s'imaginer debout devant l'autel, en robe blanche, auprès de Luca. Il l'attirait à lui, contre son corps puissamment musclé, avant de se pencher vers elle pour l'embrasser…

— Parce que vous êtes tout à fait le genre de femme que mon grand-père rêve de me voir épouser.

Le regard de Luca se posa sur sa bouche, comme s'il était en proie au même désir qu'elle. Le désir de l'embrasser, de la toucher. Comme s'il avait envie d'elle.

Artie leva les sourcils.

— Vraiment ? Mais pourquoi ?

Il lui sourit, non sans ironie.

— Vous êtes le type même de la femme douce et innocente. C'est du moins ce que m'a raconté votre père.

Qu'avait-il pu lui dire d'autre à son sujet ? Elle lui avait pourtant fait promettre de ne parler à personne de sa phobie sociale. Avait-il rompu sa promesse ? Elle était certaine qu'il n'en avait pas parlé à Bruno Rossi, son notaire, sinon celui-ci y aurait fait allusion la veille. C'était son petit secret honteux. L'infirmité dont souffrait son père depuis l'accident lui avait permis de le cacher aux autres, mais depuis sa mort…

Elle s'appliqua à n'en rien laisser voir, mais elle bouillait intérieurement. Comment son père avait-il pu oser la jeter entre les pattes de ce monstre ? Se croyait-il encore au Moyen Âge ! Et pourquoi Luca Ferrantelli tenait-il tant à satisfaire son grand-père ? Quel était l'enjeu de cette situation ?

— *Signore* Ferrantelli, entre mon père et vous, il y a certainement eu un malentendu. En tout cas, je n'envisage pas de vous épouser. À aucun prix.

Le sourire moqueur de Luca s'élargit.

— Vous n'êtes peut-être pas aussi douce et malléable que le prétendait votre père, dit-il sur un ton tranquille en la jaugeant d'un œil vif. Mais peu importe. Vous y viendrez.

Elle se redressa et afficha un air glacial.

— Je vous prie de me laisser, maintenant. Nous n'avons plus rien à nous dire.

Luca resta assis sur le canapé, toujours dans la même posture décontractée, mais ses yeux se firent si inflexibles qu'elle se demanda si elle avait raison de chercher l'affrontement. Jamais elle ne s'était trouvée aux prises avec un homme de pouvoir. Le combat était trop inégal.

— À mon avis, vous n'avez pas le choix. Si vous refusez de m'épouser, vous perdrez le *castello*.

Elle serra les poings pour tenter de contenir sa rage. Elle aurait voulu le gifler. Elle imagina le contact de sa paume avec cette mâchoire si bien dessinée et le claquement… Furieux, il lui prendrait le poignet pour l'immobiliser et l'attirer à lui, et sa bouche viendrait se poser sur la sienne en un baiser passionné…

Elle avait dû trop regarder *Autant en emporte le vent* !

— Sortez ! ordonna-t-elle en désignant la porte.

Il se leva avec une grâce féline et lui fit face. Elle se força à ne pas reculer, bien décidée à lui montrer que malgré sa puissance dominatrice et perturbante, il ne lui faisait pas peur. Même si, en réalité, il n'en était rien. Elle leva la tête avec fierté, mais sentit son pouls s'accélérer et son corps réagir traîtreusement à cette proximité.

— Je vous donne vingt-quatre heures pour réfléchir à ma proposition.

— J'y ai déjà réfléchi, et ma réponse est non. Ce sera toujours la même demain, alors inutile de revenir, vous perdriez votre temps.

Il lui adressa un sourire en coin, comme si ce refus l'excitait davantage qu'il ne le décevait.

— Vous avez beaucoup à perdre, *signorina* Bellante, répondit-il avant de jeter un regard à la ronde. Êtes-vous bien certaine de vouloir renoncer à tout ça à cause de votre orgueil mal placé ?

— L'orgueil n'a rien à voir avec ma décision. Si je me marie un jour, ce sera par amour.

Toi, te marier par amour ? Mais qui pourrait t'aimer ?

Le regard de Luca se posa sur sa bouche et y demeura un moment.

— Vous aimez cet endroit, n'est-ce pas ? Votre famille y vit depuis des siècles ? Alors, ce serait quand même un mariage d'amour, dit-il de cette voix de velours qui produisait sur elle un effet puissamment hypnotique.

Elle dut se battre pour résister, pour ne pas dire oui et résoudre ainsi tous ses problèmes en acceptant sa proposition, aussi dangereuse et excitante soit-elle.

— Bien sûr que je l'aime. Je n'ai jamais vécu ailleurs.

Et jamais je ne pourrai vivre ailleurs.

Les yeux de Luca cherchèrent les siens. Des yeux sombres, mystérieux, indéchiffrables.

— Si vous ne m'épousez pas, vous perdrez le *castello.* Et je n'hésiterai pas une seconde à vous en chasser. Les affaires sont les affaires. Je ne ferai pas de sentiment, soyez-en certaine.

Elle tenta d'ignorer l'éclat cynique de son regard, tout comme les spasmes qui lui tordaient le ventre. Ne plus penser qu'elle allait perdre sa maison. Ce *castello* qui serait transformé en hôtel de luxe dont des étrangers occuperaient chaque pièce, que ce lieu chargé de souvenirs si précieux pour elle, ce sanctuaire, deviendrait un espace public, ouvert à tous, impersonnel, tape-à-l'œil !

— Vous ne pouvez pas me chasser de chez moi. Je suis sûre que j'ai des droits ! s'écria-t-elle en relevant le menton.

— Votre père m'a tout abandonné quand il est venu me supplier de l'aider.

— Vous êtes arrivé ici convaincu que j'allais dire oui, n'est-ce pas ? D'ailleurs, est-ce que quelqu'un vous a déjà dit non ?

— Pas souvent, reconnut-il en sortant de sa poche un écrin qu'il lui tendit. Mais ceci peut peut-être vous aider à changer d'avis ?

— Vous croyez pouvoir m'acheter avec un malheureux diamant ?

— Ce n'est pas un simple diamant, protesta-t-il en ouvrant l'écrin d'une pression du pouce pour dévoiler un splendide saphir entouré de diamants.

— Prenez-le. Essayez-le.

Artie serra les dents et le fixa droit dans les yeux.

— Non, merci.

Il y eut un court silence. Puis Luca referma l'écrin qu'il posa sur la table basse. Si elle l'avait offensé par son refus, il n'en laissa rien paraître.

— Je reviendrai demain pour connaître votre décision. *Ciao* ! ajouta-t-il avec un petit salut moqueur.Il quitta alors la pièce en refermant la porte derrière lui.

Artie poussa un long soupir, le corps tremblant d'émotion, et se laissa tomber sur le canapé tandis que mille pensées désordonnées tournaient dans sa tête.

Comment cela avait-il pu se produire ? Elle avait l'impression de jouer dans un film. Un inconnu la faisait chanter pour qu'elle accepte de l'épouser ! Comment son père avait-il pu suggérer à Luca Ferrantelli une idée pareille ? Et l'enjeu n'était pas seulement le *castello*, mais aussi sa sécurité et même son avenir. Si elle perdait le ca*stello,* il ne lui resterait plus rien.

C'était son héritage. Son seul moyen de survivre. Mais, pour Luca Ferrantelli, elle n'était qu'un simple pion dans son jeu. S'il croyait qu'elle était prête à accepter n'importe qui comme mari, il se trompait !

Rosa revint dans le salon pour débarrasser les tasses.

— Ton invité est reparti, dit-elle en regardant l'écrin

posé sur la table. Qu'est-ce qu'il voulait ? Et qu'est-ce que c'est que ça ?

— Si je te le disais, tu ne me croirais pas, déclara Artie en se levant. J'ai bien failli le gifler. C'est l'homme le plus détestable que j'aie jamais vu.

— Tu n'en as pas encore rencontré beaucoup…, rétorqua Rosa en ouvrant la boîte. *Mamma mia* ! Ça, c'est une bague de fiançailles !

Artie lui arracha l'écrin des mains et le referma brutalement.

— S'il est représentatif des hommes qui vivent à l'extérieur du *castello*, je suis bien contente de ne pas en connaître davantage. Tu sais ce qu'il m'a dit ? Il veut se marier avec moi, mais seulement pour six mois. Un mariage blanc ! Et le pire : c'est papa qui lui a mis cette idée en tête. Si j'épouse Luca Ferrantelli, il lèvera l'hypothèque et me rendra le château !

— Et qu'as-tu répondu ?

— Qu'est-ce que tu crois ? Je lui ai dit non, mille fois non.

Impassible, Rosa posa la cafetière sur le plateau.

— Et si ce n'était pas un mariage blanc, tu aurais dit oui ?

— Mais non, voyons !

— Alors, où est le problème ? Tu as peur qu'il ne tienne pas parole ?

Serrant le poing, Artie sentit l'écrin lui écraser la paume, mais elle préféra l'ignorer. Jamais plus elle n'ouvrirait cette maudite boîte. Jamais plus elle ne regarderait ce saphir d'un bleu étincelant.

Jamais elle n'envisagerait de devenir l'épouse de Luca Ferrantelli, même si cela signifiait la fin de tous ses problèmes financiers.

Jamais.

— Tu es vraiment en train de me conseiller d'accepter cette demande ? Tu as perdu la tête. Attends. Tu étais donc au courant ? Est-ce que papa t'a parlé de son idée de me faire épouser cet inconnu pour éponger ses dettes ?

Rosa souleva le plateau, l'air toujours aussi calme, comme à son habitude, puis répondit :

— Quand il a senti qu'il allait mourir, ton père s'est fait beaucoup de souci pour toi, et pour ce que tu allais devenir. Ces dernières années, tu t'es entièrement consacrée à lui. Avant l'accident, jamais il ne te l'aurait demandé et jamais il n'aurait géré la propriété comme il l'a fait. Mais tu as une chance de changer le cours des choses, de refaire ta vie et de récupérer ton héritage. Pour ton père, Luca Ferrantelli n'était pas un étranger, sinon, il ne lui aurait pas demandé de l'aide et il ne lui aurait pas fait confiance pour agir au mieux de ton intérêt. Six mois, ce n'est pas long. Tant que ça reste légal, tu as tout à y gagner et rien à y perdre.

Artie reposa l'écrin sur le canapé.

— Comment peux-tu me conseiller d'épouser cet odieux personnage ?

— Tu ne peux pas rester enfermée ici pour toujours, ce serait malsain. Ton père aurait tant voulu que tu cesses de…

Artie poussa un soupir d'exaspération.

— Je ne *peux* pas partir et je croyais que toi, au moins, tu comprenais pourquoi. Tu m'as vue au plus bas. Rien qu'à l'idée de franchir les grilles, je suis paralysée par l'angoisse. Ce n'est pas une question de volonté : je ne peux pas m'en empêcher.

Rien n'y avait fait, ni les médicaments, ni les visites d'un psychologue à domicile, ni la méditation de pleine conscience. Rien n'avait pu la libérer de sa phobie, et elle s'était résignée à passer le reste de sa vie à l'isolement. Que pouvait-elle faire d'autre que d'accepter ce destin ?

Le regard de Rosa se fit plus sérieux.

— Si le *castello* est vendu, il faudra bien que tu en partes !

À l'idée de devoir quitter sa maison, d'en être chassée

à jamais, Artie sentit un frisson glacé la parcourir et son cœur battre follement. Elle s'était représenté bien souvent sa vie hors du *Castello Mireille*, mais comme une sorte de cauchemar impossible…

Elle contempla l'écrin posé sur le canapé.

— Luca Ferrantelli est un play-boy invétéré. Il change de maîtresse toutes les semaines. Quelle sorte de mari sera-t-il ?

— Convaincs-le de t'épouser ici, au *castello,* et tu n'auras même pas besoin d'en sortir. Comme c'est un mariage blanc, il n'y aura pas de lune de miel, dans six mois tu seras de nouveau propriétaire, et en plus tu garderas cette magnifique bague. C'est la solution du problème !

La lune de miel ! Elle n'y avait même pas pensé. Mais Luca, l'avait-il envisagée ? Elle imagina que ses mains se posaient sur elle et éprouva un étrange frémissement, au creux du ventre. Sa bouche recouvrait la sienne, lui évoquant d'autres caresses qu'elle n'avait jamais connues…

Quand Rosa eut quitté la pièce, elle pressa les doigts sur ses tempes. Comment son intendante pouvait-elle lui conseiller d'épouser Luca Ferrantelli ? En soupirant, elle jeta un coup d'œil autour d'elle. L'écrin de velours noir posé sur le canapé semblait symboliser le choix douloureux qu'elle avait à faire, et les coussins gardaient l'empreinte du corps athlétique de Luca. Des effluves de son après-rasage – agrumes et épices – flottaient toujours dans l'air, et les battements de son propre cœur n'étaient pas encore complètement apaisés.

Cette rencontre avec Luca Ferrantelli lui avait fait prendre une conscience aiguë de sa féminité. Son corps lui semblait soudain plus vivant qu'il ne l'avait jamais été. Son esprit avait eu beau décider que Luca était l'homme le plus malfaisant qu'elle ait jamais rencontré, son corps, lui, n'avait pas l'air de le savoir et il réagissait avec une force qu'elle n'aurait jamais imaginée. Chaque fois que leurs regards s'étaient croisés, chaque étincelle qui s'était allumée dans ses yeux noisette, chacun de ses sourires, lui avait chauffé le sang, avait accéléré son pouls au point qu'elle en était maintenant arrivée à envisager sérieusement ce mariage.

Elle revint vers le sofa et reprit l'écrin pour le mettre en sécurité jusqu'au retour de Luca, le lendemain matin. Mais soudain ses doigts soulevèrent le couvercle, et la bague apparut, étincelante, et qui semblait lui susurrer : « Passe-moi à ton doigt. »

Jamais elle n'en avait vu d'aussi belle. Comme elle ne pouvait pas faire de lèche-vitrines, elle surfait et faisait ses achats en ligne. Du bout de l'index, elle effleura la monture délicatement travaillée, fascinée par la finesse exquise du bijou et sa qualité. Pour un homme riche et corrompu comme Luca Ferrantelli, l'argent ne comptait pas : il s'était figuré qu'il lui suffirait d'agiter sous son nez un joli bijou pour qu'elle accepte de l'épouser sans en demander davantage !

Elle contempla la bague en faisant tourner l'écrin pour que les diamants prennent la lumière. De toute façon, l'anneau devait être trop grand pour elle, songea-t-elle en se mordillant la lèvre. Et si, quand même, elle l'essayait, une seule fois ? Personne n'en saurait rien. Elle n'était plus entrée dans une bijouterie depuis que sa mère lui avait offert des boucles d'oreilles. Pour une fois qu'elle avait l'occasion de faire ce qui était réservé aux autres…

Elle prit la bague, reposa l'écrin sur la table, la glissa à son annulaire gauche et s'étonna qu'elle soit parfaitement à sa taille. Elle ne pouvait en détacher les yeux, fascinée par l'éclat des diamants et le bleu profond du saphir.

— Je ne vais pas te garder, murmura-t-elle.

La bague scintilla comme pour dire : « En es-tu bien certaine ? »

Contrariée, elle l'ôta de son doigt et la rangea dans son écrin qu'elle ferma brusquement avant de le serrer dans son poing en l'observant comme s'il contenait un insecte venimeux.

— Je ne te regarderai plus, tu m'entends ?

Elle le reposa sur la table basse et alla dans la cuisine où Rosa pelait des légumes pour la soupe.

— Alors, elle te va ? demanda cette dernière.

— Qu'est-ce qui te fait penser que je l'ai essayée ?

— Ce n'est pas tous les jours qu'une femme a l'occasion de passer une bague pareille à son doigt !

— J'aurais cru que tu prendrais mon parti. Tu te moques donc de ce qui peut m'arriver ?

— Je suis très inquiète à l'idée que tu puisses tout perdre, si tu ne fais pas ce que veut Luca Ferrantelli. Ce ne serait pas le pire des maris. Il est beau, riche, et rien qu'à voir cette bague j'imagine qu'il te gâtera, sans aucun doute.

— Et si moi, je n'ai pas envie d'être gâtée ?

Rosa prit un oignon et le posa sur sa paume ouverte.

— Regarde bien. Les hommes du genre de Luca Ferrantelli ressemblent à cet oignon. Tu n'en as vu que l'extérieur, la façade qu'il montre au monde. Mais, si tu enlèves les différentes couches, tu découvriras l'homme sous son masque, et qui sait ? Tu seras peut-être agréablement surprise de ce que tu trouveras.

— Et si à force d'enlever des couches successives, je me mets à pleurer, comme quand je pèle cet oignon ?

— C'est un risque que tout le monde prend en fréquentant quelqu'un, rétorqua Rosa. Tu as raison, si tu continues à vivre toute seule ici, aucun danger que ça t'arrive. Mais quelqu'un te tend la main et tu serais folle de ne pas la saisir.

Peut-être Rosa avait-elle raison, songea Artie, dépitée. Si elle n'épousait pas Luca Ferrantelli, elle devrait de toute façon quitter le *castello*. Définitivement.

Il fallait éviter ça. À n'importe quel prix.

Mais comment faire tourner pareille situation à son avantage ? Que pouvait-elle exiger de Luca en dehors de cette bague de fiançailles magnifique qui ne demandait qu'à briller à son doigt ? Artie revint dans le salon et prit l'écrin avec l'intention de le ranger jusqu'au lendemain. Mais, contre sa propre volonté, elle l'ouvrit et passa le saphir à son doigt. Elle ne le garderait que deux heures et, dès qu'elle en aurait assez, elle l'ôterait et le mettrait de côté pour pouvoir le rendre à Luca en lui disant : « Non, merci. »

Elle ne pouvait quand même pas l'épouser. Quoique…

Un peu plus tard, elle était en train de broder quand elle se rendit compte soudain que la bague n'était plus à son doigt. Elle bondit du canapé et se mit à fouiller entre les coussins, le cœur battant. Avait-elle pu tomber ailleurs ? Cette bague valait une fortune ! Si elle l'avait perdue, Luca serait furieux, et d'ailleurs, pourquoi lui avait-il laissé un bijou aussi coûteux ? Allait-il exiger qu'elle la remplace ? Sans aucun doute.

Rosa entra à ce moment-là.

— Je sais que tes finances sont mal en point, mais tu n'es quand même pas à la recherche d'une pièce tombée entre les coussins ?

Artie lui fit face, pâle comme une morte.

— Je ne retrouve plus cette fichue bague de fiançailles ! s'écria-t-elle en jetant les coussins par terre. Qu'est-ce que je vais faire ?

Rosa vint à sa rescousse.

— Tu ne l'as pas rangée quelque part ?

— Non. Je l'ai essayée il y a deux heures et je l'ai gardée au doigt.

— Il faut que tu regardes partout où tu es allée. Tu es sortie dans le jardin ?

— Non, heureusement.

Elle vida sa boîte à couture par terre – dé à coudre, bobines de fil, aiguilles s'éparpillèrent sur le sol, reflet saisissant de ce qui se passait dans sa tête…

— Elle est forcément quelque part. Comment ai-je pu la perdre ?

En remettant tout son bazar en vrac dans sa boîte à couture, elle se piqua.

— Aïe ! s'écria-t-elle en portant le doigt à sa bouche pour sucer les gouttelettes de sang. Il n'aurait jamais dû me laisser cette bague. Maintenant, je vais me sentir obligée de l'épouser.

Mais, au fond de toi, tu en as envie, non ? Ce mariage te permettrait de reprendre le contrôle de ta vie, et c'est ce que tu cherches à faire depuis longtemps. De l'argent. La liberté. Et un séduisant mari…

Rosa se mit à fouiller dans la boîte à couture.

— Ah, la voilà ! dit-elle en tendant la bague à Artie. Tu ferais mieux de l'enfiler et de la garder jusqu'au moment de la rendre au *signore* Ferrantelli.

La rendre ? Et laisser passer son unique chance de reprendre le contrôle sur sa vie ? Perdre sa maison ?

Elle glissa la bague à son doigt d'un geste déterminé.

— Je ne vais pas la lui rendre. Sans doute as-tu raison, c'est ma dernière chance de faire ce que je veux de ma vie, et je m'arrangerai pour en tirer parti. À ma convenance. Après tout, c'est seulement pour six mois, alors qu'est-ce que j'ai à perdre ?

— Ton cœur ?

Artie serra les mâchoires.

— Aucun risque. C'est un contrat d'affaires. Si Luca Ferrantelli n'y met pas de sentiment, je n'en mettrai pas non plus.

Jamais Luca n'avait attendu un rendez-vous avec autant d'impatience que celui qu'il avait au *Castello Mireille* avec Artemisia Bellante. Il y avait en elle quelque chose qui l'intriguait terriblement. Il s'était attendu à ce qu'elle soit douce et soumise, et son attitude pleine de fougue et de défi rompait agréablement avec les flatteries de son entourage, qui lui passait tous ses caprices. Il avait eu du mal à quitter des yeux son corps mince aux courbes agréables, ses yeux sombres et étincelants, ses longs cheveux bruns bouclés, son petit nez retroussé, son menton ferme et sa bouche cerise. Il l'aurait presque épousée pour de bon. Même si le mariage n'était pas fait pour lui. Et encore moins l'amour, ce sentiment dangereux qui pouvait faire de gros ravages.

Mais, pour un mariage blanc de six mois, le temps de convaincre son grand-père d'accepter sa chimio, il était partant. S'il n'avait pas pu sauver son père ni son frère, il pourrait au moins sauver son grand-père. En épousant Artemisia Bellante. Car c'était l'unique moyen d'y parvenir.

Dans tous leurs échanges au téléphone ou par mail, Franco Bellante avait insisté sur la timidité de sa fille vis-à-vis des hommes, même si Luca ne l'avait pas trouvée aussi timide qu'il s'y attendait. Au contraire, il avait décelé chez elle une certaine assurance, de la détermination et une sensualité cachée qu'il trouvait très attirante. Il avait remarqué qu'elle regardait sa bouche à la dérobade, et que l'air semblait se charger d'électricité quand leurs yeux se croisaient. Cela voulait-il dire pour autant qu'elle était prête à aller au-delà d'un simple mariage blanc ?

Dans tes rêves !

Luca tenait à contrôler ses impulsions. Il était payé pour savoir qu'il faut réfléchir avant de passer à l'acte. Artemisia Bellante avait beau être la femme la plus séduisante qu'il ait rencontrée depuis longtemps, un contrat était un contrat et il n'avait qu'une parole. Leur mariage durerait six mois et pas un jour de plus. Les médecins de *Nonno* ne lui donnaient pas plus d'un an à vivre s'il ne commençait pas son traitement au plus vite, et Luca était bien décidé à le combler en épousant une femme parfaite.

L'intendante le conduisit dans le même salon que la veille où Artemisia l'attendait, debout près d'une fenêtre. Elle se tenait très raide, les mains derrière le dos, majestueuse et élégante en dépit de ses vêtements banals : un jean bleu qui soulignait la courbe de ses hanches, un chemisier blanc et une écharpe joliment drapée autour de son cou. Elle releva le menton et lui jeta un regard étincelant, plein d'un évident mépris.

Excité par tant d'arrogance, il sentit le désir s'emparer de lui. Depuis quelque temps, ses relations avec les femmes devenaient un peu trop faciles, et même ennuyeuses à force d'être prévisibles.

Reprends-toi, imbécile, et prends garde de ne pas retomber dans l'ornière.

— *Buongiorno,* Artemisia, dit-il en s'inclinant ostensiblement. Vous avez pris votre décision ?

Elle poussa un imperceptible soupir.

— Oui.

— Alors ? demanda-t-il, retenant son souffle.

Il tenait à l'épouser. Personne d'autre ne l'aurait s'il n'y parvenait pas. Il n'arrivait pas à comprendre ce désir irrésistible, mais elle cochait toutes les cases, voilà tout.

Elle soutint son regard d'un air glacial, les traits figés.

— J'accepte de vous épouser.

Le soulagement qu'il ressentit faillit lui faire baisser sa garde. Il n'avait pas craint qu'elle refuse, mais n'avait pas réalisé à quel point il serait heureux qu'elle accepte.

— Très bien. Je suis ravi de voir que vous êtes devenue raisonnable.

— Néanmoins, je veux y mettre certaines conditions.

Luca n'était pas du genre à se laisser bousculer, mais, en voyant l'expression d'Artemisia, il préféra se taire. Cette femme l'excitait comme aucune avant elle. Son sang était brûlant de désir, et il se surprit à humer son odeur délicate et fleurie.

Elle décroisa les bras, les mains à plat sur ses cuisses, et il admira ses jambes minces et ses mollets bien galbés. Elle portait des boots de daim brun clair à talons qui la grandissaient de quelques centimètres, mais elle ne lui arrivait qu'à l'épaule. À l'annulaire de la main gauche, elle exhibait fièrement, d'un air de défi, la bague de fiançailles qui lui allait aussi bien que si elle avait été créée pour elle.

D'instinct, il comprit qu'il allait devoir se tenir sur ses gardes et dissimuler ses sentiments. Il devrait s'en tenir à une pure relation d'affaires, et il n'avait aucune raison d'être ému de la voir porter la bague de sa grand-mère. Évidemment, il aurait pu en acheter une autre, mais il avait choisi celle-ci pour ajouter à leur supposée relation une touche d'authenticité qui plairait à son grand-père.

Car son grand-père, lui, était un sentimental.

Pas comme lui.

— Asseyez-vous, je vous en prie, déclara Artemisia d'un ton de froide courtoisie en lui jetant un regard dur et plein d'amertume.

— Après vous, répondit-il en désignant le canapé.

En poussant un léger soupir, elle s'assit, les mains croisées sur les genoux, les dents serrées.

— Donc, j'accepte votre offre, mais à condition que le mariage ait lieu ici, au *castello*. Un mariage avec très peu d'invités.

Il se demanda pourquoi elle tenait tant à un mariage dans l'intimité. La plupart des femmes avaient envie de jouer les princesses, rien qu'une fois dans leur vie. Une demi-douzaine de ses ex au moins ne s'étaient pas privées de lui faire savoir qu'elles auraient a-do-ré se marier, ce qui leur avait d'ailleurs fait perdre tout intérêt à ses yeux.

— Y a-t-il une raison précise pour que vous préfériez vous marier ici même plutôt que dans une église des environs ?

Elle détourna le regard pour fixer un point, derrière lui.

— Mon père est enterré ici, ainsi que ma mère et beaucoup de nos ancêtres.

— *Sì*. Mais un mariage, ce n'est pas un enterrement.

— Pas de mon point de vue, puisqu'il ne s'agit pas d'un vrai mariage. Je ne me sentirais pas à l'aise si je prononçais dans une église un engagement auquel nous n'avons ni l'un ni l'autre l'intention de nous tenir. Ce serait un manque de respect. Et je ne veux pas non plus d'un grand mariage mondain avec une foule d'invités. Ce serait un gaspillage inutile.

Luca se moquait de l'endroit où se tiendrait leur mariage, du moment qu'il avait lieu. Il espérait seulement que *Nonno* serait assez en forme pour pouvoir venir de Toscane, mais le trajet jusqu'en Ombrie n'était pas long, à peine plus de deux heures.

— Très bien. Nous nous marierons ici, je me charge de l'organisation. J'ai déjà déposé une demande d'autorisation, et nous n'aurons donc pas à attendre les six semaines réglementaires. Avant de mourir, votre père m'avait envoyé des copies de votre extrait de naissance et de votre passeport et j'ai pris la liberté de m'en servir.

Elle le regarda, ébahie.

— Vous étiez si convaincu que j'accepterais ? Mais vous m'avez vue hier pour la première fois !

Il haussa les épaules.

— Votre père m'a beaucoup parlé de vous et il m'a montré une photo. J'étais certain que vous conviendriez.

Elle fit un bond sur le canapé pour s'écarter de lui.

— Jamais je n'aurais imaginé qu'un homme comme vous pourrait se résoudre à choisir une épouse à distance, s'exclama-t-elle sur un ton méprisant. Et si j'avais refusé ?

— Je me serais arrangé pour vous faire changer d'avis, répondit-il avec un petit sourire suffisant.

Elle releva le menton, les yeux brillants de colère.

— Je n'arrive pas à croire que mon père ait pu vous encourager dans ce projet ridicule. Quand l'avez-vous rencontré ? Je vous ai vu hier pour la première fois alors que je l'ai à peine quitté.

— Je lui ai rendu visite l'année dernière, quand il était hospitalisé pour une pneumonie. Il parlait tellement de vous que ça m'a intrigué. J'ai été déçu de ne pas vous y rencontrer, mais il a prétendu que depuis l'accident vous n'étiez pas très à l'aise dans les hôpitaux. Après cela, nous nous sommes téléphoné et nous avons échangé des mails.

— Il vous a dit quelque chose d'autre à mon sujet ? demanda-t-elle en détournant le regard.

— Seulement que vous étiez timide et que vous n'aimiez pas faire la fête.

— C'est bien vrai, acquiesça-t-elle avec un petit rire triste.

Il se leva du canapé pour aller examiner des photos encadrées posées sur une console.

— Votre mère était très belle. Elle était anglaise, *sì* ?

— Oui.

Il reposa la photo et se tourna vers elle.

— C'est dur de perdre un père ou une mère à l'adolescence.

Et plus encore quand on était responsable de sa mort. Ainsi que de celle de votre frère unique. La culpabilité ne le lâchait jamais, comme si elle était agrippée à son épaule. Elle le suivait, elle l'éperonnait, elle ne le laissait jamais oublier. Elle le tenait éveillé la nuit et le harcelait sans répit de ses « si seulement » et de ses « et si ? ».

Leurs regards se croisèrent.

— Et vous, vous avez perdu votre père et votre frère aîné quand vous étiez adolescent, n'est-ce pas ?

Luca savait qu'on parlait encore sur le web de la mort de

son père et de son frère. À l'époque, l'événement avait fait du bruit car son père était un homme d'affaires important. Il se rappelait encore les gros titres :

Un magnat de l'immobilier et son fils disparaissent en Argentine au cours d'une séance de surf en pleine tempête.

Le nom de Luca n'avait pas été évoqué, mais il avait découvert des années plus tard que son *nonno* s'était arrangé pour le protéger.

Encore une autre raison pour accélérer son mariage avec Artie. Il se devait de tout faire pour que le vieil homme termine paisiblement sa vie.

— Oui, quand j'avais treize ans, répondit-il d'une voix apparemment dénuée d'émotion.

C'était le pire jour de sa vie, mais il aurait tout aussi bien pu parler des cours de la Bourse.

— Désolée. Votre mère est toujours en vie ?

— Oui. Elle vit maintenant à New York.

— Elle s'est remariée ?

— Non.

Il y eut un silence. Luca aurait pu expliquer pourquoi sa mère avait quitté l'Italie. Parce qu'elle était dévastée par le chagrin. Quoi qu'il dise ou fasse, leur relation n'avait cessé de se détériorer. Rien ne pourrait jamais réparer la perte qu'il avait provoquée ce jour fatal. Ce jour-là, il n'avait pas seulement perdu son père et son frère, mais toute sa famille, telle qu'il l'avait connue jusque-là. Même ses grands-parents – si aimants et encourageants qu'ils aient tenté d'être – avaient été anéantis et n'étaient plus que l'ombre d'eux-mêmes. Sa famille élargie – tantes, oncles, cousins – avait également beaucoup souffert.

— Mais qu'est-ce qui vous a fait changer d'avis ? demanda-t-il pour éviter de s'engager sur un terrain trop glissant. Est-ce cette bague de fiançailles ?

— Oui, d'une certaine façon, répondit-elle en rougissant.

Sans la croire intéressée, Luca savait que c'était un bijou superbe. Ses yeux se posèrent sur la main gauche d'Artie.

— Elle vous va bien. J'espère que vous ne regrettez pas qu'elle soit de seconde main. Elle a appartenu à ma grand-mère qui me l'a laissée en héritage.

Elle le fixa d'un air stupéfait.

— Votre grand-mère ? Mon Dieu !

Elle se mordit la lèvre et rougit davantage encore en détournant la tête.

— Je… je l'ai perdue pendant deux heures. Mais c'est votre faute, jamais vous n'auriez dû me confier une bague aussi précieuse. Un bijou de famille. Évidemment, dès que les six mois seront passés, je vous la rendrai.

— Je n'en veux pas. C'est un cadeau.

— Je ne peux pas le garder, répondit-elle, sous le choc. Sans même parler de sa valeur sentimentale, il vaut une petite fortune.

— Ce n'est qu'une bague et je me moque de ce qu'elle deviendra une fois les six mois écoulés. Je n'en aurai plus jamais l'usage, et pour moi elle ne signifie rien.

— À part gagner beaucoup d'argent, qu'est-ce qui compte donc pour vous ?

— Rien n'interdit d'être doué pour les affaires, répliqua-t-il avec un sourire cynique. L'argent ouvre bien des portes.

— Il en ferme d'autres. Comment pouvez-vous savoir si on vous aime pour vous-même ou pour votre richesse ?

— J'ai appris à me débarrasser rapidement des parasites et des gens qui me font perdre mon temps.

— Dans ce cas, vous avez bien de la chance, rétorqua-t-elle en le fixant d'un air de mépris glacial.

3.

Jamais, même sous la torture, Artie ne l'aurait avoué, mais elle avait adoré tenir tête à Luca Ferrantelli. Lors de chaque échange, elle se sentait frémir d'excitation. Mais il était trop intelligent, trop vif et trop charmant, et elle devrait rester sur ses gardes si elle voulait demeurer à la hauteur de son adversaire.

Elle ne comprenait vraiment pas pourquoi il lui avait offert la bague de sa grand-mère, et heureusement qu'elle ne l'avait pas perdue, même s'il n'avait pas l'air d'y être très attaché. Car elle, en revanche, avait tout de suite eu le coup de foudre pour ce bijou magnifique. De son côté, était-il capable d'éprouver le moindre sentiment ou ne vivait-il que pour ses affaires ?

Son allusion à son père et à son frère l'avait intriguée, surtout parce qu'il semblait très réticent à aller plus loin. Son expression ne laissait rien deviner, pas plus que sa voix sans émotion apparente. Pourtant, sous cette feinte indifférence, elle avait deviné un chagrin profond qu'il voulait mettre à distance.

Peut-être Rosa avait-elle raison, et la personnalité de Luca Ferrantelli offrait-elle des facettes qui valaient la peine d'être explorées…

Pourtant Artie en savait long sur la douleur. Lorsqu'elle parlait de sa mère, lorsqu'elle repensait à l'accident et à ses conséquences, elle éprouvait un immense désespoir.

La culpabilité ne la quittait jamais. D'ailleurs, si son père avait perdu le contrôle de ses finances, n'était-ce pas également sa faute ? Après l'accident dans lequel il avait perdu sa femme et l'usage de ses jambes, il n'avait plus jamais été le même. Son cerveau aussi avait souffert. Artie était la seule à blâmer, même si elle ne pouvait rien y faire. En fait, elle avait même de la chance de pouvoir épouser Luca Ferrantelli et récupérer son héritage.

C'était sa punition, le prix à payer. Mais elle tirerait un meilleur parti de la situation en se disant qu'elle avait choisi de l'épouser plutôt qu'en regrettant qu'il lui ait forcé la main.

— Il faut qu'on discute de notre lune de miel, dit-il d'un air indéchiffrable. Il y a un endroit où vous aimeriez aller ?

Une lune de miel ?

Artie ouvrit de grands yeux, stupéfaite.

— Une… Une lune de miel ? Mais pourquoi ? Vous avez parlé d'un mariage blanc, alors je ne vois pas…

Le seul fait de prononcer les mots « lune de miel » avait suffi à faire battre son cœur follement dans sa poitrine. Elle avait l'impression que le sang affluait vers ses joues, et vers d'autres parties de son corps, aussi…

En l'entendant protester ainsi, il leva un sourcil d'un air plein d'ironie.

— Je suis d'accord pour que notre mariage soit célébré dans l'intimité ici, au *castello*, mais j'exige une lune de miel. Si on nous voit en voyage de noces, cela apportera davantage de crédibilité à notre mariage.

Si on nous voit ? En public, donc ? Noyés dans la foule ? La circulation. Le bruit. L'animation… Artie recula d'un pas en croisant les bras, le souffle court.

— Non. C'est impossible. Je ne veux pas partir. Il n'y a aucune raison puisque ce n'est pas un vrai mariage. N'insistez pas.

Respire calmement. Respire. Respire.

— Vous avez peur que j'en profite ? Soyez certaine que ça ne se produira pas, je vous en donne ma parole.

— Je ne veux aller nulle part avec vous. Je n'apprécie pas votre compagnie.

Il la fixa droit dans les yeux.

— Artemisia, il faut qu'on nous voie ensemble en public comme un couple normal, sinon, ça ne marchera pas. Nous allons devoir vivre ensemble.

— Vivre ensemble ?

— Évidemment. N'est-ce pas ce que font en général un mari et sa femme ?

Artie sentit sa peau frémir, ses jambes vaciller et son esprit s'égarer. Vivre avec Luca Ferrantelli ? Et après ? Elle qui ne pouvait même pas sortir de chez elle, comment pourrait-elle emménager chez lui ? Fallait-il qu'elle lui révèle sa phobie sociale ? Comprendrait-il ? Non, sûrement pas. Peu de gens en étaient capables. Même les psychologues qui étaient venus la voir au *castello* avaient plus ou moins renoncé.

Elle détourna la tête et se mit à triturer la manche de son chemisier.

— Ne pourriez-vous pas plutôt venir vous installer provisoirement ici ? Je veux dire, il y a beaucoup de place et vous pourriez y avoir votre propre appartement. Nous aurions à peine besoin de nous voir, et personne ne saurait que nous ne…

— Non, répondit-il d'un ton tranchant comme une lame.

Artie s'écarta de lui tout en essayant de reprendre le contrôle de sa respiration. La tête lui tournait, elle avait la nausée et l'estomac sens dessus dessous. Elle eut peur de tomber… Mais non, il fallait qu'elle résiste, qu'elle *lui* résiste. Elle prit une grande inspiration avant de se tourner vers lui.

— Je ne sortirai pas d'ici. Pas pour vous faire plaisir. Un mariage de convenance est censé satisfaire les deux parties, et à moi, ça ne me convient pas de partir de chez moi. Je viens d'enterrer mon père et j'aimerais avoir plus de temps pour faire mon deuil, dans la plus stricte intimité.

Elle ne mentait pas vraiment car son père lui manquait beaucoup, non qu'ils aient été très proches, mais parce que s'occuper de lui structurait sa vie et lui donnait un but.

Luca la contempla longuement, impassible, et elle dut fournie un immense effort pour ne pas flancher.

— Très bien. Nous remettrons la lune de miel à plus tard.

Soulagée, elle passa dans ses cheveux une main tremblante.

— Merci.

Elle n'était plus montée dans une voiture depuis son retour de l'hôpital, après l'accident. Elle n'avait plus pris non plus le train, ni l'avion, ni le bus depuis l'âge de quinze ans. En dix ans, à peine avait-elle rencontré une dizaine de personnes. Sa vie était confinée entre ces vieilles pierres, et elle n'imaginait pouvoir changer de sitôt.

Luca s'approcha d'elle et la fixa durant quelques secondes.

— Je comprends que vous ayez été bouleversée d'apprendre la débâcle financière de votre père. Mais je veux que mon grand-père nous voie mariés et vivant en couple.

— Pourquoi est-ce si important pour vous ?

— Il a un cancer et il ne veut pas se soigner.

— Oh… Je suis désolée.

Luca se passa la main sur le visage.

— À moins qu'il n'accepte de subir un traitement, il mourra dans l'année. Son rêve a toujours été de me voir marié avec une gentille jeune femme. Il désapprouve ma vision trop… terre à terre des relations amoureuses et n'a jamais raté l'occasion de me le faire savoir. Je veux lui donner une raison de vivre et le convaincre que j'ai enfin trouvé une épouse convenable.

Une épouse convenable.

S'il avait seulement su à quel point il se trompait sur

son compte ! Aurait-il encore voulu l'épouser s'il savait la vérité à son sujet ?

— Votre grand-père sera-t-il assez en forme pour assister au mariage ?

— Je l'espère.

Artie se mordit la lèvre. Elle était gênée de dissimuler à Luca sa phobie sociale, mais elle ne voulait pas risquer de perdre sa maison s'il décidait de retirer sa demande de mariage. Elle ne le connaissait pas suffisamment pour être certaine qu'il n'allait pas la rejeter. Il lui avait déjà dit qu'il raisonnait en homme d'affaires sans se laisser attendrir par ses sentiments. Comment aurait-il pu comprendre ses problèmes et y compatir ?

— Vous ne me connaissez que par ce que mon père vous a dit de moi. Peut-être suis-je la pire compagne au monde, après tout ?

— Jusque-là, ce que j'ai vu de vous me convient, dit-il avec un sourire éloquent.

Artie se sentit rougir et éprouva comme un frémissement entre les cuisses. Ses seins durcirent légèrement tandis que le regard de Luca se posait sur sa bouche, et elle ne put s'empêcher de passer la langue sur ses lèvres. Un liquide chaud sourdait au plus secret de son corps. De quelle étrange réaction chimique était-elle la proie ? Quel pouvoir avait donc sur elle Luca Ferrantelli ? Personne d'autre ne lui avait jamais fait cet effet et jamais elle ne s'était sentie aussi consciente de son propre corps. Son pouls battait plus vite et tous ses sens semblaient en alerte.

Soudain, il ne fut plus à un mètre d'elle, mais si près qu'elle put sentir les notes claires et acidulées de son eau de toilette. Qui avait bougé, elle ou lui ?

Elle le fixa droit dans les yeux, le cœur battant la chamade. Il leva la main vers son visage et effleura de l'index sa joue, juste sous l'oreille, jusqu'à son menton. Une caresse très légère, mais qui lui fit l'effet d'une explosion des sens.

— Artemisia, vous êtes beaucoup plus belle au naturel que sur la photo que m'avait montrée votre père.

La voix de Luca lui parut à la fois rauque et douce. Tentatrice et dangereuse…

Mue par une force irrépressible, elle regarda fixement sa bouche.

— En général, on ne m'appelle pas Artemisia mais Artie.

Tu n'as vraiment rien de plus intelligent à lui dire ?

— Artie, répéta-t-il avec un sourire en coin. C'est joli. J'aime bien. Artemisia, reine d'Halicarnasse. Une alliée du roi des Perses, Xerxès, en 430 avant J-C. Réputée pour son courage pendant les batailles.

Courageuse. Contrairement à moi.

— C'est ma mère qui a choisi ce prénom. Elle était passionnée d'histoire grecque.

— Il y aura des moments où on attendra de nous que nous manifestions une certaine… affection l'un envers l'autre. Êtes-vous prête à le faire ?

— Quel… Quel genre d'affection ?

— S'embrasser, se tenir la main, se toucher…

Elle sentit comme une palpitation au creux de son ventre et ne put s'empêcher de penser aux endroits où il la toucherait et qui frémissaient déjà par anticipation. Que ferait-elle s'il lui prenait simplement la main ? S'il passait son bras puissant autour de sa taille ? S'il posait sa bouche sur la sienne ? Aucun homme ne l'avait jamais encore touchée ni embrassée, mais elle en avait envie, avec celui-ci. Tout son corps l'exigeait, comme une drogue.

— D'accord.

D'accord ? Tu as perdu la tête ?

Oui, le désir lui faisait perdre la tête. Jamais elle n'avait ainsi perdu le contrôle de son corps qui semblait agir selon sa propre volonté, répondant à Luca d'une façon qu'elle n'aurait jamais pu imaginer. Alors qu'elle ne le trouvait même pas sympathique. Son arrogance et sa confiance en lui l'énervaient, comme s'il s'attendait à ce qu'elle se jette à sa tête, comme toutes les autres. Comment réussirait-elle à résister s'il l'embrassait ? Qu'est-ce que ça lui ferait de sentir sa bouche ferme contre la sienne ?

Il continuait à la fixer avec une dérangeante intensité.

— Si vous n'avez pas envie que je vous embrasse, dites-le-moi, parce que en ce moment je n'ai rien d'autre en tête.

Sa voix était devenue plus rauque, et elle sentit son sang bouillir soudain dans ses veines.

— Qu'est-ce qui vous fait supposer que moi, j'ai envie que vous m'embrassiez ?

Artie se félicita d'avoir réussi à maîtriser sa voix.

Lentement, il effleura du pouce sa lèvre inférieure, et elle frémit imperceptiblement.

— La façon dont vous me regardez.

— Comment est-ce que je vous regarde ?

Rêveur, il posa la paume sur sa joue, et le contact de sa peau un peu rêche la fit palpiter au plus secret de son corps.

— Parlons de ce mariage, dit-il d'un ton brusque, en retirant sa main. Que diriez-vous du prochain week-end ?

— Le prochain week-end ? Mais… Pourquoi si vite ?

— Je ne suis pas partisan des longues fiançailles.

— Je dois quand même trouver une robe, non ? Vous ne vous attendez quand même pas à ce que je me marie toute nue.

Pourquoi diable as-tu dit ça ?

— Pourquoi pas ? répondit-il avec une étincelle dans les yeux, avant de passer le doigt sur la joue brûlante d'Artie. Vous êtes-vous déjà retrouvée nue devant quelqu'un ?

Elle recula d'un pas. Il fallait qu'elle garde ses distances, car cet homme était un aimant qui l'attirait irrésistiblement.

— Je ne tiens pas à exposer ma vie privée devant vous. Ça ne vous regarde pas.

— Il faut pourtant que nous nous connaissions un peu, sinon personne ne croira à ce mariage.

— Comment ? Vous voulez faire comme si vous étiez amoureux de moi ? Vous ne tromperez personne. Nous sommes trop différents.

— On dit que les contraires s'attirent.

Elle serra les lèvres et lui adressa un sourire glacial.

— Compte tenu de la dimension de votre ego, je vais sûrement beaucoup vous surprendre, mais vous ne m'attirez pas du tout.

— Alors il va falloir que vous fassiez appel à tous vos talents de comédienne pour convaincre mon grand-père du contraire. Vous en sentez-vous capable, *cara mia* ?

— Et vous, monsieur le play-boy cynique, vous sentez-vous capable de jouer au mari passionnément épris de sa femme ?

— Ce ne sera pas trop difficile, répondit-il en lui jetant un regard si magnétique qu'elle sentit ses genoux vaciller.

4.

Artie s'examina dans la psyché de sa chambre pour vérifier son apparence. Elle s'était décidée pour une robe de satin crème qui avait appartenu à sa mère, un modèle classique avec un jupon de tulle qui soulignait sa taille fine et un corsage ajusté mais peu décolleté qui mettait en valeur sa poitrine. Elle n'avait pas voulu souiller la belle robe de mariée de sa mère avec cette parodie de mariage. Ses parents s'étaient mariés par amour et avaient vécu heureux jusqu'au jour où Artie avait exigé, contre leur volonté, d'aller à un anniversaire quand elle avait quinze ans.

Elle se mordit la lèvre au sang. Pourquoi avait-elle tant insisté pour aller à cette fête stupide ? Qu'étaient devenus aujourd'hui ses prétendus amis ? Quelques-uns étaient venus la voir à l'hôpital, mais depuis qu'elle s'était confinée au *castello* elle n'avait plus eu de visite. Et aucun n'avait assisté à l'enterrement de sa mère. Tandis qu'on descendait le cercueil dans le caveau, elle s'était tenue à côté du fauteuil roulant de son père, le cœur déchiré, écrasée par la culpabilité. Comment un caprice d'adolescente avait-il pu avoir des conséquences aussi désastreuses ?

Le cœur serré, elle lissa sa jupe. Aujourd'hui même, elle allait épouser Luca Ferrantelli pour pouvoir garder sa maison de famille. Regretterait-elle cette décision ou la perspective de garder le *castello* effacerait-elle ses doutes ? Elle contempla sa bague de fiançailles. Plus elle la portait et plus elle l'aimait. Étrangement, c'était comme si elle se sentait reliée à la grand-mère de Luca, même si la vieille dame devait se retourner dans sa tombe à l'idée de ce mariage sans amour.

Rosa entra, portant des fleurs qu'elle avait cueillies dans le jardin.

— Tu es superbe, Artie, dit-elle en lui tendant le bouquet odorant. Tu ne mets pas de voile ?

Artie huma le frais parfum des roses et des fleurs d'oranger.

— Ce n'est pas un vrai mariage.

— Peut-être, mais tu es belle comme une vraie mariée. Ton beau fiancé attendra. Regarde un peu…

D'un placard, elle sortit le carton où étaient rangés la robe de mariée et le voile de la mère d'Artie et le posa sur le lit avant de soulever le papier de soie qui protégeait le voile brodé porté jadis par la mère et la grand-mère d'Artie.

— Allez, fais-moi plaisir, dit-elle en brandissant le voile au-dessus de la tête de la jeune femme.

Artie leva les yeux au ciel, mais se laissa faire. Rosa fixa le voile avec des épingles à cheveux, le drapa sur son visage et recula d'un pas pour voir l'effet.

— Luca Ferrantelli ne va pas en croire ses yeux !

Artie s'examina dans la glace. Elle avait l'air d'une vraie mariée.

— Dis-moi que je ne commets pas la pire erreur de ma vie, dit-elle à Rosa.

Rosa lui prit les mains, les yeux brillants de larmes.

— Tu as déjà tant souffert que ce n'est pas possible qu'en plus tu perdes le *castello*. Souvent dans la vie, tu sais, c'est un mal pour un bien.

Elle lâcha la main d'Artie et s'essuya les yeux.

— Les mariages, ça me fait toujours cet effet. Pourtant, je ne me suis jamais mariée.

— Tu le regrettes ?

Artie s'étonna de ne jamais lui avoir posé cette question. Rosa avait la soixantaine et travaillait depuis toujours au *castello*. Au cours des ans, elles avaient parlé de beaucoup de choses, mais jamais de la vie sentimentale de l'intendante.

Rosa fit mine d'arranger les plis de la jupe.

— Il y a longtemps, je suis tombée amoureuse, mais ça n'a pas marché.

— Que s'est-il passé ?

Rosa se baissa pour ramasser un pétale de rose qu'elle froissa entre ses doigts.

— Il en a épousé une autre, et je n'ai jamais plus rencontré quelqu'un qui me plaise.

— Comme c'est triste !

Rosa eut un petit rire.

— Ça m'a permis d'éviter les déceptions. Depuis, je crois qu'il a divorcé trois fois. Tes parents, eux, ont eu la chance de se trouver. Ça n'a pas duré aussi longtemps qu'ils l'auraient voulu, mais mieux vaut vivre cinq années de bonheur que cinquante ans de malheur.

Et six mois avec un homme qu'on connaît depuis quelques jours à peine ?

Debout dans la chapelle du château, Luca attendait l'arrivée d'Artie. Son grand-père n'était pas assez en forme pour voyager, mais dès la fin de la cérémonie il avait l'intention d'emmener sa femme auprès de lui. Le mariage devait être célébré par un prêtre, car il savait que cela ferait plaisir à son grand-père, qui était très croyant et qui avait souvent désapprouvé sa façon de vivre ces dernières années.

Néanmoins, si pressé soit-il de présenter sa femme à son grand-père, il serait quand même ravi de la garder pour lui un jour ou deux. S'ils n'avaient pas l'air à l'aise l'un avec l'autre, ils auraient du mal à le convaincre qu'ils formaient vraiment un couple.

Elle constituait un défi qu'il se sentait prêt à relever, et le fait qu'elle résiste à son charme la rendait plus attirante encore. Pourtant, quand une femme lui disait non, il respectait toujours son choix et il ne s'était jamais investi sentimentalement dans une relation au point de se sentir frustré quand elle prenait fin.

Toutefois, il percevait l'intérêt qu'il avait éveillé chez Artie et la réaction qui se produisait entre eux dès qu'ils étaient ensemble. Elle était jeune et ingénue, alors peut-être ne se plierait-elle pas aux termes de leur contrat et chercherait-elle à obtenir de lui davantage qu'il n'était prêt à donner ? Il ne pouvait se permettre cette fantaisie, mais si elle tombait amoureuse de lui, cela risquait de tout changer.

Et lui, s'il tombait amoureux d'elle…

Il écarta cette idée d'un geste de la main. Trop dangereux, pour elle comme pour lui. Chaque fois qu'il avait envisagé la possibilité d'aimer, il l'avait éliminée. Trop risqué. Trop douloureux.

Il se retourna en sentant comme un frémissement sur sa nuque. Artie se tenait debout sur le seuil, dans une étonnante robe de soirée, un voile sur le visage, un bouquet de fleurs à la main, sa mince silhouette nimbée d'un rayon de soleil. Un ange. Plus elle s'approchait, plus il sentait son cœur battre fort et son sang courir vite dans ses veines. Comme si une douce chaleur intérieure réchauffait un bloc de glace, le faisait fondre, l'attendrissait et lui donnait une forme nouvelle.

Mais non, ce n'était pas de mise ! Pas de sentiment, un contrat d'affaires, rien de plus. Même si elle était belle comme un ange et s'il frémissait d'envie de la toucher. Ce n'était pas pour lui qu'il jouait cette comédie, mais pour son grand-père. Pour lui donner la force de subir le traitement qui pourrait le guérir ou du moins prolonger sa vie de quelques années.

Artie s'immobilisa à côté de lui, le visage à demi dissimulé par son voile qui laissait deviner la roseur de ses joues. Son maquillage mettait en valeur sa carnation crémeuse et sans défaut et le brun profond de ses yeux bordés de longs cils noirs. Une touche de rose rehaussait ses lèvres, et il eut envie d'y poser les siennes pour savoir si elles étaient aussi douces et tendres qu'elles en avaient l'air. Son parfum fleuri évoquait une journée de printemps ensoleillée après un interminable hiver.

— Vous êtes superbe, lui dit-il en prenant sa main dans les siennes.

Le simple contact de sa peau suffit à le troubler infiniment. Pourquoi avoir exigé un mariage blanc au lieu d'une véritable union ? Mais non, il s'égarait. Il n'était pas du genre à se fixer alors que tout en elle aspirait à un amour romantique, et c'est d'ailleurs pour cette raison qu'elle était censée jouer parfaitement son rôle d'épouse aux yeux de son grand-père.

— Je… je me sens nerveuse, murmura-t-elle.

Luca lui pressa doucement la main.

— Ça va aller.

Même s'il avait du mal à l'admettre, il se sentait nerveux, lui aussi, et presque effrayé. Pas de s'engager ni de signer le registre, ce n'étaient que de simples formalités administratives. Mais il craignait d'avoir du mal à être fidèle à sa promesse de s'en tenir à un mariage de pure forme.

Soudain, le prêtre prit la parole et l'office commença…

— Moi, Artemisia Elisabetta, je te prends pour époux, Luca Benedetto, déclara Artie avec un léger tremblement dans la voix. Je promets d'être loyale envers toi dans les bons et les mauvais moments, dans la santé comme dans la maladie.

Elle avala sa salive avant de continuer, fascinée par le regard que Luca plongeait dans le sien.

— Je t'aimerai et t'honorerai chaque jour de ma vie, poursuivit-elle.

Elle n'était pas superstitieuse, mais, en prononçant ces mots, elle se demanda si elle n'allait pas être frappée par la foudre. Comme la première fois que Luca lui avait pris la main… Avec ce costume bleu, il avait l'air de sortir d'un magazine de mode, et son eau de toilette fraîche et citronnée lui vrillait les sens. Comment un homme pouvait-il sentir aussi bon ? Et être aussi attirant ?

Il lui prit la main gauche et glissa une alliance à son annulaire tout en prononçant ses vœux.

— Moi, Luca Benedetto, je te prends comme épouse, Artemisia Elisabetta. Je promets d'être loyal envers toi dans les bons et les mauvais moments, dans la santé comme dans la maladie. Je t'aimerai et t'honorerai chaque jour de ma vie.

Artie sentit une larme perler sur sa joue. Il avait l'air si convaincant : il la contemplait et lui souriait comme si elle avait été la créature la plus merveilleuse du monde.

Ce n'est qu'une comédie. Ne t'y laisse pas prendre, pour lui tout ça ne veut rien dire, et ça doit être la même chose pour toi.

— Vous pouvez embrasser la mariée.

Les paroles du prêtre arrachèrent Artie à sa rêverie. Elle eut juste le temps de reprendre son souffle avant que Luca l'attire à lui et pose sa bouche sur la sienne. Une foule de sensations l'assaillirent tandis qu'il la serrait contre son corps mince et vigoureux.

Elle entrouvrit la bouche et, dès que leurs langues se joignirent en une sorte de ballet érotique, elle se mit à trembler de désir. Pressée contre lui, elle noua les bras autour de son cou. Ses lèvres et sa bouche semblaient s'être éveillées par l'effet de ce baiser, comme une fleur qui s'offre au soleil brûlant. Jamais elle n'avait senti ce désir urgent qui répondait à l'appel sombre et primitif du corps de Luca, qui laissa échapper un murmure rauque. Elle comprit alors que ce baiser le bouleversait tout autant qu'elle et prit conscience pour la première fois du pouvoir érotique qu'elle détenait et avait ignoré jusque-là.

Le prêtre toussota, et Luca s'écarta d'Artie en clignant des yeux comme s'il était saisi de vertige.

— Eh bien… Bonjour, *signora* Ferrantelli.

Sa voix était un peu cassée, et il fixait sa bouche comme s'il n'arrivait pas à croire ce qui venait de se passer.

Artie s'humecta les lèvres où elle retrouva le goût viril et sexy qu'il y avait laissé.

— Bonjour…

Il adressa quelques mots de remerciement au prêtre avant de conduire la jeune femme dans le jardin où Rosa avait préparé des rafraîchissements. Puis il se tint près d'elle sans la toucher, le visage impénétrable.

— Il est temps de fêter l'événement ! dit-il soudain. Demain, nous rendrons visite à mon grand-père.

— On ne peut pas repousser un peu ? Je veux dire… Il s'attend sans doute à ce que nous partions en voyage de noces.

— J'ai trop envie de te présenter à lui. Son état de santé s'est beaucoup dégradé, et…

— Mais j'aurais besoin d'un petit délai pour m'habituer à l'idée que je suis… ta femme. J'ai peur de dire ou de faire quelque chose qui éveille ses soupçons.

Luca lui jeta un regard brûlant.

— Embrasse-moi comme tu viens de le faire, et il n'aura plus le moindre doute.

Artie sentit ses joues s'empourprer.

— Je n'ai fait que t'imiter. Jamais encore personne ne m'a embrassée, alors…

— C'est vrai ?

— Oui. Je suis vierge, dit-elle simplement. Toi qui changes tous les jours de partenaire, ça doit te paraître bizarre.

Comment as-tu pu lui avouer une chose pareille ?

Il passa la main dans ses cheveux qu'il ébouriffa complètement.

— J'avais cru deviner que tu manquais d'expérience, mais pas à ce point-là. Ton père t'interdisait donc de sortir ?

Elle détourna les yeux.

— Non, mais après l'accident au cours duquel ma mère a été tuée et lui gravement blessé, je me suis beaucoup occupée de lui et je n'avais pas le temps de sortir.

— Pourquoi étais-tu la seule à t'occuper de lui ? demanda-t-il en fronçant les sourcils. Pourquoi ne pas avoir fait venir une infirmière ou une aide-soignante ?

Artie se concentra sur le paysage, gênée par le regard trop pénétrant de Luca. Comment expliquer la situation ? La culpabilité qui l'avait enchaînée à son père ? Cette culpabilité qui continuait à la tarauder et l'avait poussée à épouser Luca pour sauver le *castello* qui était tout ce qui lui restait de sa famille.

— C'est moi qui ai voulu m'occuper de lui, et j'ai été heureuse de pouvoir le faire.

Luca la prit par les épaules pour la contraindre à se tourner vers lui et la fixa d'un air inquiet.

— Quand cet accident a eu lieu, tu étais encore une enfant. Jamais ton père n'aurait dû consentir à ce sacrifice. Et tes études ? Cela t'aurait permis de rencontrer des gens de ton âge, non ?

Artie serra les lèvres avant de répondre.

— J'ai obtenu une autorisation spéciale pour terminer

mes études sur le Net. Je ne voulais pas laisser mon père à des étrangers. Après la mort de ma mère, j'ai été accablée de chagrin et lui aussi. Alors, j'ai choisi de m'occuper de lui, personne ne m'y a obligée.

— Ce que tu as fait pour ton père est admirable, mais je ne peux pas m'empêcher de penser qu'il a abusé de ta gentillesse. Tu aurais dû mener ta vie d'adolescente et de jeune adulte.

Artie recula d'un pas en croisant les doigts devant elle et aperçut Rosa qui attendait, une bouteille de champagne à la main.

— N'est-ce pas le moment de trinquer avec le père Pasquale et nos deux autres invités ? demanda-t-elle.

Sans attendre sa réponse, elle se dirigea vers l'intendante qui bavardait avec le prêtre et le second témoin qui travaillait à mi-temps au *Castello Mireille*.

Luca observa Artie qui prenait un verre de champagne sur le plateau que lui présentait l'intendante. Elle avait l'air plus détendue, mais il était clair qu'en lui reprochant de s'être trop dévouée à son père il avait touché un point sensible. Il se doutait déjà qu'elle était vierge – son père le lui avait laissé entendre —, mais il ne soupçonnait pas qu'elle n'était jamais sortie avec un garçon de son âge.

Avant lui, aucun homme ne l'avait embrassée.

Jamais elle n'avait eu de petit ami, même pendant son adolescence. Comment son père avait-il pu accepter pareil sacrifice sans se dire que sa fille aurait dû fréquenter d'autres jeunes gens ?

Il passa sa langue sur ses lèvres où le gloss d'Artie avait laissé une trace fruitée. Il sentait presque encore le tendre contact de sa bouche contre la sienne et l'élan irrésistible qu'il avait éprouvé, le frémissement de son ventre, de ses cuisses, de ses reins.

Il avait embrassé bien des femmes, trop même pour pouvoir se souvenir de tous les détails, mais jamais il n'oublierait ce premier baiser. Il se rappellerait toujours le doux contour de sa bouche et son goût, mi-framboise mi-vanille.

Pourtant, il faudrait bien qu'il l'oublie, puisque ce mariage blanc ne devait durer que six mois. Le temps d'atteindre son but et de rasséréner son grand-père. Le fait qu'Artie ait si peu d'expérience était une raison de plus pour ne pas consommer cette union. Emporté par l'alchimie qui les unissait, il risquait de lui laisser espérer autre chose de leur mariage fictif, et ce serait déloyal de sa part.

Pas question d'engager une relation qui supposait de veiller à la santé et à la sécurité de sa partenaire. Son expérience l'en dissuadait absolument, et mieux valait ne pas aimer. Contrôler ses sentiments et les enfouir au plus profond de son cœur. Jamais il ne se laisserait aller à cette alchimie brûlante, jamais il ne tomberait amoureux, ce serait une folie. Or jamais plus il ne commettrait de folie.

Il contempla Artie, le cœur serré. Elle se tenait à côté de l'ancienne fontaine de pierre, qui s'accordait à merveille à sa beauté classique. Un rayon de soleil jouait sur ses cheveux châtain foncé dont la brise légère soulevait une boucle. Les sourcils légèrement froncés, les yeux fixés au loin, elle passait de temps en temps la langue sur ses lèvres tendres où il venait de poser sa bouche. Quand elle tourna la tête, elle surprit son regard et ses joues se teintèrent d'un rose délicat.

Avait-il commis une erreur en la choisissant pour jouer ce rôle ? Elle était si innocente, si pure, si éthérée, comme surgie d'un conte de fées. Pourtant, dès qu'il l'avait vue, il avait senti qu'un lien les unissait, un lien puissant que la raison ne pouvait dénouer. Sa raison lui criait « N'y touche pas », mais son corps brûlait de désir.

Pourtant, il allait devoir reprendre le contrôle, et vite, car il aurait été fou de tomber amoureux de son épouse si tendre et si innocente.

5.

Chaque fois qu'Artie regardait dans sa direction, elle sentait les yeux de Luca sur elle. Comme s'il savait que son corps répondrait au moindre contact. Un simple effleurement, et une chaleur brûlante se répandrait dans sa chair la plus intime comme sur des braises qui n'attendaient qu'un souffle pour reprendre vie.

Son baiser…

Mieux valait ne plus y penser. Leur relation était censée rester platonique, mais le baiser de Luca n'avait rien de platonique. Vibrant de sensualité, il avait éveillé en elle une faim dévorante. L'idée de demander à Luca de changer les règles de leur mariage s'insinua dans son esprit tel un hôte inopportun. Pour elle, c'était l'occasion de s'initier aux délices de la chair. Qu'avait-elle d'autre à y perdre que sa virginité ?

Ton orgueil ? lui souffla sa conscience. Il a toutes les femmes qu'il veut et tu n'es pas son genre. Tu ne le satisferais même pas cinq minutes. Alors six mois !

Il prit un verre de champagne et se dirigea vers elle.

— Le père Pasquale a l'air d'apprécier la cuisine de Rosa. Elle travaille ici depuis longtemps ?

— Depuis ma naissance. C'est sa maison tout autant que la mienne.

— Que fera-t-elle si tu la vends et si tu t'en vas ?

— Jamais je ne vendrai le *castello*, répondit-elle en relevant le menton. Je veux vivre ici et nulle part ailleurs.

Luca soutint son regard un long moment.

— Comment pourras-tu entretenir la propriété ? Elle a besoin de travaux, et le plus tôt sera le mieux.

Elle termina son verre avant de lui jeter un regard aigu.

— Je préférerais ne pas en discuter aujourd'hui.

— Dois-je te rappeler les termes de notre mariage ?

— Non. Et toi, tu ne trouves pas que ton baiser était un peu appuyé pour quelqu'un qui tient tant à un mariage blanc ?

L'atmosphère se chargea soudain d'électricité.

— Peut-être, mais toi aussi, tu y as activement participé, *cara*, murmura-t-il d'une voix si profonde qu'elle sentit tout son corps vibrer.

Elle allait s'écarter quand la main de Luca se posa sur son poignet, et un frisson la parcourut au contact de ses longs doigts hâlés, tandis qu'une troublante humidité envahissait son intimité.

— Qu'est-ce… Qu'est-ce que tu fais ? balbutia-t-elle.

Plongeant son regard dans le sien, il caressa du pouce la veine bleue à l'intérieur de son poignet, et elle sentit son cœur s'accélérer encore. L'odeur exotique de Luca, mélange d'agrumes, de peau fraîchement lavée et de virilité, mettait tous ses sens en émoi.

— Nous sommes mariés, *cara*. Les gens s'attendent à ce qu'on se touche.

Son cœur se mit à cogner sourdement dans sa poitrine.

— Je n'ai pas l'habitude qu'on me touche.

Luca la fixa droit dans les yeux en lui effleurant la joue du dos de la main.

— Mais tu aimes que je te touche, non ? demanda-t-il en lui caressant la lèvre inférieure. Tu aimes beaucoup ça.

Artie fut tentée de protester, mais ce n'était guère possible. Elle ne pouvait pas non plus se dégager maintenant de son étreinte, car sa volonté semblait complètement annihilée, pas plus qu'elle ne pouvait détourner les yeux de sa bouche ni oublier le plaisir délicieux de leurs langues qui se mêlaient tandis que des torrents de désir envahissaient son corps.

Elle reprit son souffle en se forçant à le regarder.

— Désolée de t'avoir envoyé un message ambigu, ce n'était pas mon intention.

Il lui prit la main pour la porter à ses lèvres, sans la quitter des yeux.

— Tu ne serais pas la première à le faire, mais je n'ai pas l'intention de changer les termes de notre mariage. Ce serait trop déloyal vis-à-vis de toi.

Déloyal ? Pas plus que de refuser de combler le désir criant de son corps.

— Tu as peur que je tombe amoureuse de toi ? ne put-elle s'empêcher de demander.

Il ferma les yeux en fronçant les sourcils, comme s'il étudiait la question. Quand il les rouvrit, son visage était fermé.

— Ce serait une folie de ta part, répondit-il d'une voix grave qui la bouleversa.

— Tu as déjà été amoureux ?

— Non.

— Je ne sais pas si l'on peut s'empêcher de tomber amoureux. Tu n'as peut-être pas encore rencontré la bonne personne.

— Je sais que ça arrive aux autres, mais moi, jamais je n'ai éprouvé ce genre de sentiment.

— Pourquoi ?

— J'ai l'impression que jamais je ne trouverai l'âme sœur. Je me sens trop égoïste pour répondre aux désirs et aux besoins d'un autre être.

Artie se demanda s'il était sincère. Comment pouvait-il se dire égoïste alors qu'il était prêt à se marier avec une inconnue pour préserver quelques années encore la vie de son grand-père ? Et à lui rendre au bout de six mois le *castello* alors qu'il le possédait en totalité, ou presque ?

Rosa s'approcha d'eux avec un plateau chargé de verres de champagne.

— Encore un avant les photos officielles, dans la roseraie ? proposa-t-elle.

— *Grazie,* répondit Artie en prenant une autre coupe.

— Et vous, *Ssgnore* Ferrantelli ?

— Non, merci. Un verre me suffit. Et appelez-moi Luca, s'il vous plaît, dit-il en prenant la main d'Artie et en la guidant vers la roseraie où les attendait le photographe.

Après la séance de photos et le départ du prêtre et du photographe, Artie aida Rosa à ranger les rafraîchissements. Mais, quand l'intendante déclara qu'elle allait se retirer de bonne heure, elle ne sut que faire. Luca semblait avoir disparu, soi-disant pour faire quelques vérifications à l'extérieur. Elle continuait à se demander ce qu'il avait vraiment voulu lui dire un peu plus tôt, près de la fontaine. Elle avait très envie de mieux le connaître et de comprendre pourquoi il tenait tant à contrôler ses sentiments. Pourquoi l'amour lui faisait-il si peur ? Elle-même, elle n'avait jamais connu l'amour, mais elle savait qu'il était impossible de s'empêcher de tomber amoureux. Pourtant, après l'accident, elle avait abandonné tout espoir de trouver le grand amour. Si ça lui arrivait un jour, il ne pourrait être qu'à sens unique, car qui oserait le partager avec elle en sachant tout ce qu'elle avait détruit ?

Luca l'avait avertie de ce qu'elle risquait si elle tombait amoureuse de lui. Mais face à lui elle se sentait très vulnérable, et le baiser passionné qu'ils avaient échangé avait suffi à lui prouver qu'elle risquait fort d'éprouver un sentiment qui deviendrait vite incontrôlable.

Elle emprisonna son poignet à l'endroit où il l'avait touchée et frémit en se rappelant la force de ses doigts qui éveillait sa chair et l'excitait tant. L'image même de la tentation, et ce serait une folie de sa part de s'y abandonner. Concernant leur relation, il s'était montré très clair. Mais alors, pourquoi mourait-elle d'envie qu'il la touche et qu'il l'embrasse de nouveau ?

Quand il revint, elle était assise dans le grand salon, sa broderie sur les genoux. Ses cheveux étaient emmêlés, et il portait désormais un jean et une chemise blanche aux manches relevées sur ses bras musclés. La chemise blanche soulignait son teint mat et le jean sa silhouette élancée. Il apportait non seulement l'air frais de l'extérieur, mais aussi… quelque chose qui mit aussitôt ses sens en alerte.

Elle reposa sa broderie en s'efforçant de paraître naturelle.

— Je ne savais pas ce que tu avais décidé. J'ai donc demandé à Rosa de te préparer une des chambres d'amis au deuxième étage : la suite verte qui donne sur le vignoble.

Il fixa sur elle un regard inquisiteur.

— Elle sait donc que notre mariage est de pure convenance ?

— Oui, je me suis dit que ça valait mieux. Je ne sais pas jouer la comédie, et elle me connaît depuis si longtemps qu'elle aurait tout de suite perçu la faille.

— Je préférerais que tu ne parles à personne d'autre des termes de notre accord. Je ne voudrais pas que mon grand-père l'apprenne par des ragots.

— Rosa est la discrétion même et elle ne dira rien.

Artie en était certaine, l'intendante était une personne de confiance, parfaitement loyale : jamais elle n'avait révélé à quiconque les problèmes d'Artie et elle l'avait toujours soutenue.

Luca s'approcha du canapé où elle était assise et se pencha pour examiner la broderie à laquelle elle travaillait : des feuilles et des fleurs en bouton.

— Quel travail exquis ! Cela fait longtemps que tu brodes ?

Artie haussa les épaules malgré le plaisir que lui procurait ce compliment. Jamais personne n'avait vu son travail, sauf son père et Rosa.

— C'est un simple passe-temps. J'ai commencé à broder quand je suis sortie de l'hôpital. Je suis une autodidacte.

Il retourna le tissu pour voir l'envers, presque aussi net que l'endroit.

— Tu te sous-estimes, *cara*. Tu pourrais en faire ton métier. Brodeuse de profession. Aujourd'hui, les ouvrages faits main et personnalisés plaisent davantage que les produits industriels fabriqués dans des conditions douteuses.

Artie reprit sa broderie qu'elle plia et rangea dans sa corbeille à ouvrage.

— Je ne suis pas certaine d'en être capable.

— Qu'est-ce qui t'en empêche ?

Moi-même.

Ou, plutôt, la peur du vaste monde au-delà du *castello* qui l'empêchait de se réaliser pleinement. Mais comment changer ? Comment fonder une entreprise alors qu'elle était clouée chez elle ? Mais, à la simple idée de révéler sa phobie à Luca, elle sentait son sang se glacer. Qu'allait-il penser d'elle ? Et du fait qu'elle l'ait épousé en lui dissimulant la vérité ?

Il passa la main sur son visage.

— J'aimerais que nous partions de bonne heure demain matin. Mon grand-père se fatigue vite, et il vaudrait mieux lui rendre visite en début de journée.

Le pouls d'Artie et sa respiration s'accélérèrent soudain, et un frisson la parcourut. Elle se leva du canapé, les jambes chancelantes, et traversa la pièce. Tournant le dos à Luca, elle s'agrippa au rebord d'une fenêtre, au bord de l'évanouissement.

— Peut-être vaut-il mieux que tu y ailles seul. J'aurais besoin d'un peu plus de temps pour…

— Il n'y a pas une minute à perdre, répondit-il sur un ton déterminé qui lui rappela qu'elle faisait face à une personnalité énergique et qui allait droit au but.

La gorge serrée, elle crispa les doigts plus violemment encore sur le rebord de la fenêtre.

— Je… je ne peux pas t'accompagner.

Il y eut quelques instants de silence, un silence si pesant qu'elle eut l'impression que les murs et le plafond de la pièce se rapprochaient d'elle. Un silence qui fit écho dans sa tête et se mit à bourdonner dans ses oreilles, comme pour lui rappeler son impuissance.

— Comment, tu ne peux pas ? Qu'est-ce que ça veut dire ? Nous avons conclu un accord, Artie, et j'espère que tu vas t'y tenir ! s'écria-t-il d'une voix qui tremblait de frustration. Nous partirons demain matin à 7 heures et demie, et pas question que tu refuses !

Artie lâcha le rebord de pierre et se tourna vers lui, l'estomac révulsé, les mains moites, bouleversée à l'idée de devoir sortir du *castello*.

— Luca, non, s'il te plaît, supplia-t-elle d'une voix cassée par l'émotion.

— Comment, non ? Tout ce que je te demande, c'est de remplir ta part de notre arrangement qui, je te le rappelle, est parfaitement légal. Tu te souviens que tu as signé le contrat établi par mon avocat ?

Elle se cacha le visage entre ses mains, tout en tentant de contrôler sa respiration. Son cœur battait à se rompre et son pouls filait à toute vitesse.

— Ce n'est pas que je ne veux pas y aller…, commença-t-elle.

— Mais alors, quoi ?

Elle baissa les mains, serra les lèvres pour les empêcher de trembler avant de croiser les doigts sur son ventre si fort qu'ils en devinrent douloureux. Elle aurait voulu le regarder en face, mais elle n'y parvenait pas et fixait le tapis à ses pieds.

— Il y a quelque chose que je ne t'ai pas dit… Quelque chose d'important.

Luca l'observa avec une expression soudain moins irritée qu'inquiète.

— Que se passe-t-il ? questionna-t-il d'une voix douce. Dis-moi exactement ce qu'il en est. Je veux savoir la vérité, *cara*.

Elle se mordit les lèvres, incapable de trouver les mots nécessaires pour décrire ce qui se passait. Sa faiblesse. Sa honte.

— Je ne suis plus sortie du *castello* depuis des années. Ce n'est pas que je ne veuille pas le quitter, c'est que je ne peux pas.

Il laissa retomber sa main, visiblement stupéfait.

— Mais pourquoi ? Qu'est-ce qui t'en empêche ?

Avec un petit rire amer, elle posa le doigt sur sa poitrine.

— C'est moi et moi seule, dit-elle en reculant d'un pas avant de croiser les bras autour de son corps. Je souffre d'une angoisse sociale qui me paralyse. Je ne peux pas supporter la foule ni les lieux publics. Si j'envisage ne serait-ce que de franchir les grilles, je suis littéralement clouée sur place, ou je m'évanouis, en proie à une terrible crise d'angoisse.

Il ouvrit la bouche, puis la referma, comme s'il ne savait quoi répondre.

— Je suis désolée, poursuivit Artie, j'aurais dû te le dire avant, mais je n'en ai pas eu le courage et…

— Je t'en prie. Inutile de t'excuser, dit-il en la fixant d'un regard plein de compassion.

Il hocha la tête, comme s'il tentait de remettre un peu d'ordre dans ses pensées.

— Pourquoi ton père ne m'a-t-il pas averti ? Il m'a laissé croire que tu étais parfaitement…

— Normale ? C'est le mot que tu cherchais ? Alors que de toute évidence je ne le suis pas du tout ?

Luca émit un son étrange, sorti du fond de sa gorge.

— *Cara*, je t'en prie, ne te dévalorise pas de cette façon. Tu as consulté un spécialiste à ce sujet ?

— J'en ai consulté quatre.

— Et alors ?

Elle étendit les bras dans un geste d'impuissance.

— Et alors, rien. Je n'ai pas pu supporter les effets secondaires des médicaments qu'ils m'ont prescrits. Quant à la méditation de pleine conscience, au début ça m'a aidée, mais pas assez pour que je réussisse à sortir du *castello*. Quant à la psychothérapie, c'était trop cher, et puis avec tout le temps que je consacrais à papa, c'était impossible, dit-elle en soupirant. Pour tout dire, je trouvais épuisant d'évoquer des tas de choses dont je n'avais pas envie de parler.

— L'accident ?

Elle acquiesça de la tête avant de détourner le regard.

— Tu l'as dit. En deux mots, tu as résumé toute ma vie.

Luca lui effleura la joue du bout du doigt.

— Regarde-moi, *cara*.

C'était un ordre, mais sa voix était si douce qu'elle coula comme un rayon de miel au creux de sa poitrine. Elle leva les yeux vers Luca.

— Je regrette de t'avoir trompé. Si tu avais su, sans doute ne m'aurais-tu pas épousée, mais je ne pouvais pas supporter de devoir quitter définitivement le *castello*. Je n'ai jamais vécu ailleurs et si j'étais forcée d'en partir…

Elle se mordit la lèvre.

— Je ne peux pas partir. Je ne peux pas…

Du pouce, il lui effleura la bouche.

— Arrête ! Tu vas finir par te faire saigner ! dit-il sur un ton de reproche, mais avec un regard d'une tendresse qui la bouleversa. Nous allons trouver une solution.

— Comment ? Si ton grand-père est trop mal pour se déplacer, je ne vois pas comment je pourrais le rencontrer.

— Grâce au secours de la technologie, dit-il en tapotant la poche de son jean où il rangeait son téléphone. Nous allons organiser une vidéoconférence. *Nonno* n'y voit plus très bien et il a un peu de mal avec son portable, mais ce sera toujours mieux que rien.

— Tu es vraiment très compréhensif, dit Artie en reculant d'un pas, les bras croisés sur la poitrine. Tu sais, si tu préfères déchirer notre accord et devenir propriétaire du *castello*, je ne te blâmerai pas.

Pourvu qu'il n'en fasse rien !

Luca se rapprocha d'elle par-derrière et la prit par les épaules.

— Il n'en est pas question.

Au contact de ses mains, Artie se sentit parcourue d'un long frisson.

— Nous résoudrons ce problème ensemble, continua-t-il.

— Pourquoi te montres-tu si généreux envers moi ? demanda-t-elle, stupéfaite, en se retournant pour lui faire face. Tu prétends être très égoïste, mais ce n'est pas du tout ce que je constate.

De nouveau, avec un sourire contraint, il la prit par les épaules.

— Quand je cherche à obtenir ce que je veux, je peux me montrer très égoïste.

Ses yeux se posèrent sur la bouche d'Artie dont le cœur se mit à battre la chamade, avant de chercher de nouveau les siens, très sombres et brillant d'un éclat intense. L'air se mit soudain à vibrer entre eux, chargé d'un courant presque électrique.

— Luca, chuchota-t-elle d'une voix à peine audible.

Sa main remonta vers la mâchoire ombrée d'une barbe naissante avant de suivre lentement le contour de sa bouche : sa lèvre supérieure d'abord, puis la lèvre inférieure, un peu plus charnue. Il laissa échapper un soupir haché, puis posa sa bouche brûlante sur la sienne.

6.

Luca savait qu'il aurait mieux fait de s'arrêter avant de ne plus en être capable. Avant de plaquer contre le sien le corps tiède d'Artie et de modifier les règles de leur mariage blanc. Et pourtant, il ne pouvait s'empêcher d'explorer sa bouche si tendre et de laisser ses sens goûter autant qu'ils le voulaient la fraîche saveur de ses lèvres. Elle poussa un bref soupir et entrouvrit la bouche. Quand la langue de Luca rencontra la sienne, innocente mais audacieuse, il éprouva un frémissement au creux des reins et le besoin de l'attirer plus près encore, de l'embrasser avec passion, abattant les frontières qu'il avait lui-même fixées. C'était une folie, mais en cet instant il était incapable de résister à sa bouche tentatrice qui répondait si bien à la sienne.

Elle se blottit contre lui, noua les bras autour de son cou, et leurs deux corps s'épousèrent comme s'ils avaient été créés l'un pour l'autre. Il brûlait de caresser ses seins parfaits, de laisser ses doigts errer sur sa peau, de respirer son odeur et de la goûter au plus intime.

Il posa les mains sur ses hanches et trouva cependant la force d'écarter sa bouche de la sienne.

— Tu sais pourtant qu'il ne faut pas, murmura-t-il d'une voix rauque.

Elle leva vers lui des yeux qui brillaient d'un désir irrésistible.

— Pourquoi ? Nous sommes tous deux des adultes consentants.

Il la prit par les poignets pour dénouer les bras de son cou.

— Tu sais très bien pourquoi, répondit-il en la dévorant du regard.

Elle rougit et baissa les yeux.

— C'est parce que je suis vierge, n'est-ce pas ?

Il lui lâcha les poignets et s'écarta d'elle. Puis il se passa la main dans les cheveux en tentant de se ressaisir et de calmer les battements désordonnés de son cœur.

— Pas exactement.

— C'est parce que je ne te plais pas ? Tu ne me trouves pas désirable ? demanda-t-elle d'une voix que le doute faisait trembler un peu.

— Je te trouve parfaitement désirable et tu me plais beaucoup, mais ce n'est pas pour cela que je t'ai épousée. Cela ne fait pas partie du contrat et cela risque de compliquer davantage encore la situation.

— Qu'est-ce que tu en sais ? Les gens ont tout le temps des aventures sans pour autant tomber amoureux. Pourquoi pas nous ?

— Tu es jeune et tu manques d'expérience, Artie. Tu l'as dit toi-même, ça fait dix ans que tu n'es pas sortie du *castello*.

— Tu veux dire que je manque de maturité ? répondit-elle d'une voix brisée par la souffrance. Que dans mon corps d'adulte, je suis restée une enfant ?

Luca serra les dents pour mieux se contrôler. Le corps d'Artie était l'incarnation même de la tentation, mais plus question d'y toucher. Maintenant qu'il savait qu'elle n'avait jamais couché avec un homme, ça n'aurait pas été loyal de sa part. Il avait été le premier à l'embrasser. Elle était comme une adolescente en proie à son premier désir sensuel qu'il valait mieux étouffer avant qu'il ne l'entraîne trop loin.

— Je ne suis pas le genre d'homme qu'il te faut.

— Dans ce cas, faisons comme si je n'avais rien dit, rétorqua-t-elle en croisant les bras et en détournant le regard. Désolée si ma hardiesse t'a choqué. Crois-moi, elle m'a surprise moi-même. Je ne sais pas ce qui m'a pris.

— Mieux vaudra donc nous embrasser le moins possible.

Elle haussa les épaules d'un air indifférent que démentait son regard déçu.

— Tu as raison.

Pourtant, il aurait été si facile de ravaler toutes ces belles paroles et de la serrer dans ses bras pour assouvir enfin le désir qui le taraudait. De l'embrasser passionnément et de l'initier aux délices du sexe, car il était certain que leurs corps s'entendraient à merveille.

Jamais encore, en embrassant une femme, il n'avait ressenti une telle alchimie, ni un désir aussi puissant. Jamais il ne s'était senti aussi près d'oublier ses principes et de s'abandonner dans une douce intimité partagée.

Elle décroisa les bras en jouant distraitement avec son alliance.

— Si ça ne te dérange pas, je crois que je vais aller me coucher, dit-elle. Seule…

— Bonne nuit, *cara*.

Artie gravit l'escalier comme si elle était poursuivie par un fantôme. Comment avait-elle pu se comporter de façon si effrontée, jusqu'à supplier Luca de lui faire l'amour ou presque ? Que se passait-il ? L'abstinence avait-elle fini par entraver son développement ? Au moment où il l'avait embrassée, elle avait senti son corps s'éveiller d'un long sommeil. Toute frémissante, elle avait alors pris conscience de ses besoins et de ses désirs de femme et elle avait eu envie d'un contact plus profond et plus puissant. Un contact qui mettrait fin à l'impression de frustration douloureuse qu'elle éprouvait au plus intime de son corps.

En soupirant, elle referma derrière elle la porte de sa chambre. *Quelle folie !* Leur contrat satisfaisait les deux parties. Mais satisfaisait-il son irrésistible attirance pour Luca ? Dès que ses mains se posaient sur elle, elle aspirait à quelque chose de plus. Elle avait constaté qu'il lui répondait physiquement, alors pourquoi se priver d'un plaisir dont ils avaient aussi soif l'un que l'autre ?

Parce qu'il ne veut pas que tu tombes amoureuse de lui.

En soupirant encore, elle se laissa glisser sur son lit. Luca la trouvait trop jeune et trop innocente pour qu'ils engagent une relation sur un pied d'égalité. Mais, à en croire la réponse de son corps, elle était au moins son égale. Avec lui, elle se sentait vivante, et plus femme qu'elle n'aurait jamais osé imaginer.

Elle contempla son alliance et sa bague de fiançailles, symboles de leur union. Elle était liée à lui par la loi, mais pas par l'amour, et c'était mieux ainsi. Ce qu'elle aurait voulu, c'est qu'il éprouve pour elle un désir aussi fort que celui qu'elle ressentait, pour pouvoir explorer la puissante alchimie qui les liait, et s'abandonner au plaisir sensuel en toute liberté.

Elle sortit du lit pour se rendre dans la salle de bains et s'observa dans le miroir placé au-dessus du lavabo de marbre. Ses yeux étincelaient, et sa bouche était encore rouge et gonflée du baiser qu'ils avaient échangé. Elle toucha du bout du doigt sa lèvre inférieure et s'étonna de la trouver si sensible, comme si ce baiser avait tiré chacun de ses nerfs de l'engourdissement profond où il était plongé.

Elle posa la main sur le point douloureux, entre ses seins. C'était donc ce qu'on ressentait quand on était rejetée ? Quand un homme ne voulait pas de vous ?

Pourquoi ai-je si peu de chance à la loterie de la vie ?

Luca n'avait rien d'un buveur, mais, en cet instant, il aurait eu envie de descendre toute une bouteille de scotch et de la fracasser contre le mur. Se précipiter dans la chambre d'Artie, la prendre dans ses bras et lui montrer combien il la désirait. Respirer l'odeur de sa peau, goûter le doux nectar de ses lèvres, caresser son corps superbe et monter avec elle au septième ciel. Mais la dure leçon qu'il avait apprise de la mort de son père et de son frère l'avait rendu plus que méfiant. S'il s'abandonnait à ses pulsions, leur relation en serait bouleversée et ils pénétreraient en territoire inconnu et dangereux… Une situation incompatible avec la nature éphémère de leur union.

Il s'était toujours considéré comme un fin psychologue à qui aucun détail n'échappait et, malgré tout, il n'avait rien deviné de la phobie sociale d'Artie, qui pourtant cadrait bien avec le reste de son comportement. Elle expliquait pourquoi il ne l'avait pas croisée à l'hôpital quand il était allé voir son père. Pourquoi elle avait insisté pour que leur mariage soit célébré au *castello* et pas dans une église locale. Pourquoi elle avait eu l'air si contraint en sa présence, comme si elle était mal à l'aise avec les gens qu'elle ne connaissait pas. Il n'arrivait pourtant toujours pas à comprendre comment elle avait pu passer dix ans aussi isolée. Dix ans ! Pour lui qui passait rarement deux nuits de suite dans la même ville, c'était impensable. Il avait vécu à cent à l'heure, davantage à l'hôtel que dans sa villa de Toscane, parce que s'il avait ralenti le rythme il aurait risqué de trop réfléchir, de trop ruminer et de trop souffrir.

Mieux valait se noyer dans le travail.

Le travail était le remède à tous ses maux. Il avait transformé l'affaire de son père en machine de guerre en concluant dans le monde entier des transactions qui lui avaient beaucoup rapporté. Il avait de l'argent à ne plus savoir qu'en faire, ce qui l'avait rendu libre, mais pas heureux pour autant.

Libre, contrairement à tant d'autres, de ne pas exercer un métier sans avenir, de ne pas se lancer dans une relation sans issue, de ne pas assumer de pénibles responsabilités.

Luca se dirigea vers la fenêtre de sa suite. Le parc du *castello* baignait dans la douce lumière de la lune. Les arbres centenaires, les ceps noueux, les rosiers grimpants avaient été plantés par les ancêtres d'Artie qui y avaient vécu et l'avaient aimé.

L'amour… Le plus trompeur des sentiments. Il s'en méfiait car il savait qu'aimer les gens pour les abandonner ensuite était terriblement destructeur. Un cauchemar, une torture permanente.

Un hibou passa devant la fenêtre, les ailes déployées. Si le *castello* était restauré et ouvert au public, les jardins retrouveraient leur beauté d'antan, le vignoble ancien serait replanté pour donner un vin qui obtiendrait des récompenses Cela coûterait cher… très cher, et Artie n'avait pas les moyens d'entreprendre ces travaux, c'était évident. Eh bien, il lui en fournirait et ce serait son cadeau pour les six mois où elle aurait accepté d'être sa femme.

Dans six mois, il devrait quitter cette jeune femme qui n'avait jamais embrassé personne avant lui, n'avait jamais eu le moindre ami à l'extérieur du *castello* et qui, à vingt-cinq ans, était encore vierge. Une Belle au bois dormant moderne qui attendait encore qu'on l'éveille au plaisir.

Cesse donc de penser au sexe !

Mais comment faire alors qu'il avait encore le goût de ses lèvres sur les siennes ? L'empreinte de son corps inscrite dans sa chair ? La brûlure du désir toujours aussi intense au creux du ventre ?

Le *castello* était immense et la chambre d'Artie se trouvait très loin de la sienne, mais jamais il n'avait été aussi conscient de sa présence qui mettait son sang-froid à rude épreuve. Qu'avait-elle donc de particulier pour qu'il se sente si tenté de rejeter les règles qu'il s'était fixées ? Son incroyable jeunesse ? Son innocence ? La sensualité de sa silhouette ? Tout cela et plus encore. Il ne pouvait le nommer, même s'il y était très sensible. Il l'avait éprouvé au plus profond de lui-même quand il l'avait embrassée. Il avait l'impression de n'avoir jamais ressenti une telle intimité, qui revenait chaque fois qu'il caressait sa peau crémeuse et serrait contre lui son corps qui s'accordait si bien au sien.

Il s'écarta de la fenêtre avec un soupir de frustration. S'il avait eu son ordinateur sous la main, il se serait plongé dans le travail, mais il l'avait laissé dans sa voiture. Les jeunes mariés ne devaient pas être nombreux à regretter leur ordinateur le soir de leurs noces, mais il n'était pas un marié comme les autres et il faudrait bien que son corps entende raison.

Quand Artie descendit l'escalier le lendemain, Rosa préparait le petit déjeuner, mais sans sa vigueur et son énergie habituelles. Elle était très pâle et avait les yeux cernés.

— Ça ne va pas ? s'enquit Artie.

— J'ai très mal à la tête, répondit Rosa avec une grimace.

— Va te recoucher. Je vais appeler le médecin et…

— Non, ce n'est qu'une migraine, ça m'est déjà arrivé.

— Mais tu n'as pas l'air bien du tout ! protesta la jeune femme en observant le visage de l'intendante. Retourne te coucher, je me débrouillerai toute seule ici. Depuis que papa est mort, tu ne t'es pas arrêtée et il faut que tu te reposes.

Elle avait du mal à reconnaître à quel point elle était dépendante de Rosa, mais, sans son aide, elle se serait sentie perdue.

Rosa dénoua son tablier d'un air hésitant.

— Tu en es sûre ?

Artie le lui prit des mains pour le poser à l'écart.

— Monte. Tout de suite. Je passerai te voir dans deux heures et, si tu ne te sens pas mieux, j'appellerai le médecin.

— *Sì, sì, signora* Ferrantelli, répondit Rosa d'un air moqueur avant de quitter la pièce.

En soupirant, Artie s'assit à la table du petit déjeuner, mais elle n'avait aucun appétit. Que ferait-elle sans Rosa ? L'intendante était son unique lien avec le monde extérieur, sa seule véritable amie. S'il lui arrivait quoi que ce soit, elle se retrouverait complètement isolée. Abandonnée.

Sauf que maintenant tu as un mari.

En entendant Luca approcher d'un pas assuré, elle sentit un frisson la parcourir. Elle se tourna sur sa chaise et le vit entrer, les cheveux encore humides de la douche, rasé de près, précédé des doux effluves de son eau de toilette. Il portait un jean et un T-shirt blanc qui moulait ses pectoraux et son ventre plat.

— Bonjour. Tu as bien dormi ?

— Bonjour, répondit-il en s'asseyant en face d'elle avant de déplier sa serviette sur ses genoux. Je suis tombé sur Rosa en descendant. Elle n'avait pas l'air bien.

Artie se versa un verre de jus d'orange.

— Je l'ai renvoyée se coucher. Elle a la migraine. Ça lui arrive de temps en temps.

Elle lui proposa du jus d'orange, mais il refusa d'un signe de la tête et se servit une tasse de café dont l'arôme emplit l'air.

— Elle a déjà pensé à prendre sa retraite ? demanda-t-il. C'est très grand ici. Elle n'a personne pour l'aider ?

Artie fit la grimace.

— Autrefois, nous avions davantage de personnel, mais nous avons dû réduire les effectifs. Je fais de mon mieux pour participer et ça me plaît. C'est ma façon à moi de la remercier de m'avoir si bien secondée durant toutes ces années.

— Que veux-tu dire exactement ?

Elle baissa les yeux, fixant son jus d'orange.

— C'est elle qui fait les courses, quand je ne trouve pas ce que je veux sur Internet. Cela fait longtemps qu'elle travaille pour notre famille. Ici, avec moi, elle est chez elle.

Luca reposa brusquement sa tasse sur sa soucoupe.

— Elle ne pourra pas toujours rester ici, Artie. Et toi non plus.

Son ton était doux mais déterminé, et il énonçait une vérité qu'elle s'était toujours refusée à regarder en face. Elle repoussa sa chaise et posa sa serviette sur la table.

— Excuse-moi, je vais voir comment elle va.

— Rassieds-toi, *cara*.

Il y avait une menace dans sa voix, tout comme dans l'éclat de son regard et dans la crispation de sa mâchoire. Elle songea un instant à le défier et ressentit un frisson d'excitation en imaginant ce qu'il ferait pour l'empêcher de quitter la pièce. Il la prendrait par les poignets ? Il la serrerait contre lui ? Il poserait sa bouche sur la sienne et l'embrasserait passionnément ?

Elle le dévisagea froidement, le cœur battant, les jambes chancelantes, mais finit par se rasseoir. Puis elle étala sa serviette sur ses genoux et lui jeta un regard si acerbe qu'il en fut décontenancé.

— Ne te crois surtout pas permis de me donner des ordres comme à une esclave !

— Je veux te parler de ta relation avec Rosa, répondit-il en la fixant droit dans les yeux. Cela fait très longtemps qu'elle t'aide et tu la considères comme une amie sur qui tu peux compter, mais peut-être cherche-t-elle désormais à te rendre plus autonome ?

— J'ignorais qu'en plus de ton cursus impressionnant, tu étais également diplômé en psychologie.

— Inutile d'être grand clerc pour comprendre ce qui se passe ici, répondit-il en remuant son café qui ne contenait pourtant ni lait ni sucre. Je sais que c'est très difficile pour toi, mais…

— Que sais-tu de moi ? dit-elle en posant le poing sur la table, si brusquement que les tasses et les soucoupes tintèrent. Tu n'es pas moi. Tu n'es ni dans ma tête ni dans mon corps. Je suis la seule à savoir ce que je ressens.

Au fur et à mesure que la tension montait en elle, elle se mit à haleter et à transpirer, au bord de la nausée, le cœur battant, submergée par une vague irrépressible d'angoisse.

Luca se leva, vint s'accroupir à côté d'elle et lui prit la main.

— Respire à fond, *cara*. Inspire lentement, profondément, trois fois de suite et expire. Un, deux, trois… Encore. C'est bien…

Artie se concentra sur sa respiration, tout en serrant la main de Luca. Sa voix douce et rassurante l'apaisait, et l'angoisse céda peu à peu, telle une bête malfaisante domptée par une force plus puissante qu'elle.

Artie poussa un soupir de soulagement.

— Tout va bien… Je crois que…

Elle tenta d'ôter sa main, mais Luca la garda fermement serrée dans la sienne, tout en la caressant du pouce, une caresse si douce qu'elle sentit tout son corps se détendre.

— Prends ton temps, *mia piccola*, dit-il en l'observant d'un œil inquiet.

— Tu dois me considérer comme une folle, incapable de s'aventurer au-delà de la grille de sa maison.

Luca la prit par le menton et plongea ses yeux dans les siens. Ses pupilles dilatées assombrissaient son regard vert moucheté de brun.

— Pas du tout. Quand mon père et mon frère se sont noyés, après l'enterrement, je n'ai pas pu sortir de chez moi pendant un mois. Je ne pouvais pas affronter un monde où ils n'existaient plus. Ça a été terrible.

Une ombre passa sur ses traits, tel un nuage sombre. Sa voix et son visage exprimaient une profonde tristesse.

— Comme ça a dû être dur pour ta mère et pour toi ! Comment avez-vous pu survivre à une telle perte ?

— Il existe différentes façons de survivre, *sì* ? dit-il avec un sourire poignant. J'ai réussi à m'extraire du bourbier de mon chagrin en étudiant d'arrache-pied, en réussissant mes examens et en prenant les rênes de l'entreprise de mon père. Je me suis forcé à ne plus penser ni à lui ni à mon frère. Rien ne pourrait les faire revivre, mais j'avais l'impression que mon père aurait été fier que je dirige son affaire, même si je n'en avais jamais eu la vocation, contrairement à mon frère qui ne rêvait que de ça.

Son demi-sourire s'éteignit, et de nouveau une ombre passa sur ses traits.

Artie comprenait les difficultés qu'il avait traversées car elle savait d'expérience à quel point on pouvait se sentir dévasté par une telle perte. À chaque instant, on risquait d'être frappé par ce souvenir douloureux qui vous accablait d'un insupportable chagrin. Anniversaires, Noël, fête des Mères, il y avait tant de jours dans l'année pour raviver la douleur. Sans parler de la culpabilité qui vous taraudait sans répit, à chaque minute de votre vie.

— Comment ta mère a-t-elle supporté cette perte ?

Luca lui lâcha la main et se redressa. Artie le sentit alors se fermer, comme si cette allusion à sa mère était plus douloureuse qu'il ne voulait le reconnaître.

— Termine donc ton déjeuner, *cara* ! lança-t-il avec force. Après quoi nous appellerons mon grand-père et je te présenterai à lui.

Elle sentit son estomac se serrer.

— Et si je ne lui plais pas ? S'il ne m'accepte pas, ou s'il pense que je ne ferai pas une bonne épouse ?

Luca lui caressa les cheveux d'un air mystérieux.

— Ne t'en fais pas. Dès qu'il t'aura vue, il va t'adorer.

7.

Un peu plus tard, Luca appela son grand-père pour une visioconférence. Puis il s'assit sur le canapé du salon à côté d'Artie et la prit par la taille pour qu'elle reste dans le champ de l'appareil. Son parfum lui emplissait les narines et ses boucles lui chatouillaient la mâchoire. Lorsque l'image de son grand-père apparut sur l'écran, il la sentit se raidir contre lui. Il l'attira alors plus près en lui souriant avant de se tourner vers le vieux monsieur.

— *Nonno*, permets-moi de te présenter ma charmante épouse, Artemisia… Artie pour les intimes. Nous nous sommes mariés hier.

— Ton épouse ? Tu crois que je suis devenu gâteux ? Tu avais toujours dit que tu ne te marierais jamais, et voilà que tu me présentes ton épouse ! Pourquoi ne l'as-tu pas amenée ici pour que je la voie en chair et en os ?

— Nous sommes en voyage de noces, *Nonno*, mentit Luca en regrettant une fois de plus que ce ne soit pas vrai. On viendra bientôt, *si* ?

— *Buongiorno, signore* Ferrantelli, dit Artie. Je suis désolée que vous n'ayez pas pu venir. Ça doit vous paraître terriblement frustrant.

— Ce que je trouvais frustrant, c'est d'avoir pendant des années pris mon unique petit-fils pour un play-boy réfractaire au mariage alors que je rêvais de connaître mes arrière-petits-enfants. C'est du devoir de Luca, de sa responsabilité, de perpétuer le nom de notre famille en engendrant une nouvelle génération !

Luca eut un petit rire.

— Nous venons à peine de nous marier, *Nonno*. Laisse-nous le temps.

Soudain, il comprit qu'il n'avait envie de partager Artie avec personne. Il voulait être seul avec elle pour mieux la connaître. Il le voulait au point que c'en était douloureux. Depuis qu'il l'avait embrassée, il était sur des charbons ardents tant il avait hâte d'explorer son corps, de l'éveiller au plaisir. Et ce plaisir, il était certain qu'ils le goûteraient ensemble. Mais il se refusait à imaginer le bonheur domestique dont parlait son grand-père. Des bébés ? Une nouvelle génération de Ferrantelli ? Sûrement pas !

— Tu as déjà perdu pas mal de temps, déclara *Nonno*. À ton âge, ton père et ta mère étaient mariés depuis longtemps et ils vous avaient déjà eus, Angelo et toi.

— Je sais.

Luca tenta d'ignorer la douleur qui lui serrait le cœur à l'évocation de son père et de son frère. Et de sa mère aussi, bien sûr. Chaque fois que quelqu'un parlait d'elle, il éprouvait un violent sentiment de culpabilité à la pensée qu'il avait détruit sa vie. Des petits-enfants auraient peut-être adouci la perte qu'il avait causée à son grand-père, mais comment aurait-il pu s'y autoriser ? Jamais il n'avait envisagé de fonder une famille, lui qui avait complètement détruit la sienne.

— Luca est le mari dont j'ai toujours rêvé, intervint Artie sur un ton de fierté qui provoqua en lui un pincement de cœur. Il valait la peine d'attendre.

Nonno eut un petit sourire d'approbation.

— Tu lui as donné la bague de fiançailles de ta grand-mère ? demanda-t-il à Luca.

— *Sì*.

Artie leva la main devant la caméra.

— Je l'aime beaucoup. Jamais je n'en ai vu d'aussi belle et je me sens très honorée de la porter. Je regrette de ne pas avoir connu votre épouse, elle doit beaucoup vous manquer.

— Chaque jour, répondit *Nonno* dont le visage s'adoucit. N'attendez pas trop pour venir me voir, Artie, il ne me reste plus guère de temps.

— Si tu suis l'avis du médecin, tu en auras encore beaucoup ! protesta Luca.

— Je serai très heureuse de vous rencontrer, dit Artie. Luca m'a beaucoup parlé de vous.

— Mais à moi il ne m'a rien dit de vous. Comment vous êtes-vous rencontrés ?

— J'ai connu Artie par l'intermédiaire de son père et, dès que je l'ai vue, j'ai su qu'elle était faite pour moi.

Ce n'était pas un mensonge. Il avait su immédiatement qu'Artie était la seule jeune femme que son grand-père aurait voulu le voir épouser.

— J'espère que vous saurez le manœuvrer, Artie. C'est un Ferrantelli, et nous ne sommes pas faciles à vivre, mais, si vous l'aimez, cela vous aidera.

— C'est l'homme le plus merveilleux que j'aie jamais rencontré. Prenez bien soin de vous, *signore* Ferrantelli. J'espère avoir le plaisir de vous rencontrer bientôt en personne.

L'homme le plus merveilleux qu'elle ait jamais rencontré ? Luca rit intérieurement de ce compliment, car elle avait rencontré si peu d'hommes qu'il n'était pas bien difficile de l'impressionner. Ce qu'il voulait, c'était l'aider à vaincre sa phobie, et pas seulement pour qu'elle puisse aller rendre visite à son grand-père. Cela lui ouvrirait des portes qui lui étaient restées trop longtemps fermées. Lui ferait-elle assez confiance pour se laisser guider dans ce voyage difficile et effrayant ?

Dès qu'il eut raccroché, Artie se tourna vers Luca qui la tenait toujours par la taille.

— Je ne suis pas certaine d'avoir été très convaincante. Qu'en penses-tu ?

— Tu t'en es bien tirée et tu as bien fait de lui dire que j'étais l'homme de tes rêves. Tu avais l'air de le croire réellement.

Il remonta la mèche qui lui tombait sur le front, et son regard se fit plus sombre. Quand ses yeux se fixèrent sur sa bouche, Artie sentit son cœur battre très vite.

— Oui, je ne me serais pas crue capable de si bien jouer la comédie, répondit-elle en contemplant son alliance et sa bague de fiançailles avant de lever les yeux vers Luca. Je regrette de t'avoir déçu en étant incapable de quitter le *castello*. Si nous étions allés voir ton grand-père ou si nous nous étions mariés plus près de chez lui, il…

— Tu ne m'as absolument pas déçu. Au contraire, j'aimerais t'aider. On pourrait commencer en douceur, pour voir comment tu réagis.

— J'ai déjà tenté souvent de franchir les grilles, mais ça n'a jamais rien donné.

— Je n'étais pas là pour t'aider, dit-il en prenant sa main qu'il caressa très doucement. Ça vaut la peine de réitérer l'expérience.

— Maintenant ? chuchota-t-elle.

— Pourquoi pas ?

Elle serra les lèvres pour s'efforcer de contrôler sa respiration.

— Fais-moi confiance, *cara*, dit-il en la prenant par le menton. Je ne te forcerai pas à faire quoi que ce soit. Nous irons pas à pas.

— D'accord. Je vais essayer. Mais si je n'y arrive pas, il ne faudra pas m'en vouloir.

Il se pencha pour poser un baiser léger sur son front.

— Je ne t'en voudrai pas, *mia piccola*. Je suis très patient.

La minute d'après, Artie se retrouva au pied du perron du *castello*, les yeux fixés sur les grilles de cuivre, un peu plus loin. Son cœur battait si vite qu'il lui semblait l'entendre en écho dans ses oreilles. Sa peau était moite, et ses jambes tremblaient comme celles d'un faon nouveau-né. Plus que jamais elle aurait voulu surmonter sa peur pour pouvoir rendre visite au grand-père de Luca et remplir sa part du contrat. Mais si elle échouait ? En dix ans, jamais elle n'avait réussi à franchir les grilles du *castello*, comme si une plaque de verre l'en empêchait. De l'autre côté, elle apercevait la liberté, mais elle était incapable d'aller au-delà de ces grilles. À l'intérieur du *castello*, elle se sentait en sécurité, et les autres personnes, à l'extérieur, étaient protégées d'*elle*.

Que se passerait-il si elle franchissait la limite qu'elle s'était elle-même imposée ?

En souriant, Luca lui prit la main.

— Tu es prête ?

Elle inspira un grand coup et s'avança dans l'allée.

— J'ai déjà essayé cent fois, et jamais je n'ai réussi.

— Ne parle pas d'échec, *cara*, dit-il sur un ton de doux reproche. Sois certaine que tu vas réussir et tu réussiras.

— C'est facile à dire. Tu as confiance en toi et tu diriges une affaire qui marche bien. Tout te réussit. Mais moi, je suis nulle !

Luca lui fit face et la prit par les épaules.

— Tu t'es occupée de ton père pendant dix ans et tu lui as permis de vivre plus longtemps. Tu es une brodeuse remarquable. Jamais je n'ai vu un travail aussi beau, aussi précis. Il faut que tu te décides à croire en toi, *cara*. Moi, je crois en toi.

Au-delà de ses larges épaules, Artie contempla les grilles, tenaillée par l'angoisse. Une fois de plus elle reprit son souffle et plongea son regard dans celui de Luca.

— Très bien, continuons, il le faut !

— Bravo, dit Luca en reprenant sa main. Je suis avec toi, pas à pas.

Artie avança d'un pas, puis de deux, de trois, jusqu'à ce qu'elle arrête de les compter. Les grilles se rapprochaient de plus en plus, ouvertes sur la liberté et le monde extérieur. Mais au deux tiers du chemin, devant elle, un oiseau s'envola soudain d'un buisson ; elle fut si surprise qu'elle trébucha et elle serait tombée si Luca ne l'avait pas retenue d'une main ferme.

— Oh !

— Tout va bien, ce n'était qu'un oiseau.

Elle contempla les grilles, le cœur battant.

— Je crois que c'est fini pour aujourd'hui.

— Tu ne veux pas continuer encore un peu ? Quelques pas encore et on y est.

Le souffle court, elle se retourna pour voir le *castello*, son refuge.

— Excuse-moi, mais je ne peux pas. Je réessayerai demain.

Et j'échouerai, comme toujours.

— Tu t'es bien comportée, *mia piccola*, répondit Luca en lui caressant la nuque.

— C'est un échec, dit-elle tristement.

Sans la quitter des yeux, il lui caressa la joue.

— L'échec, c'est quand on cesse d'essayer, protesta-t-il en lui prenant la main. Allez, viens ! Chasser les démons, ça donne soif, *sì* ?

— J'ai pourtant envie de sortir, déclara Artie en soupirant, une fois rentrée au *castello*.

— Qu'est-ce qui te fait si peur ? s'enquit-il en lui tendant un verre d'eau.

Elle s'empara du verre et le reposa sur une table en évitant son regard.

— J'ai peur de faire du mal aux autres.

— Mais pourquoi ?

— Si nous avons eu cet accident, c'est par ma faute, répondit-elle en le fixant droit dans les yeux.

Luca vint s'asseoir à côté d'elle et lui saisit les mains.

— Ce n'est pourtant pas toi qui conduisais. Tu n'avais que quinze ans.

Elle contempla leurs mains croisées, si tendue qu'elle avait l'impression d'étouffer.

— J'avais été invitée à l'anniversaire d'un copain. Mes parents n'étaient pas très enthousiastes, mais comme toutes les adolescentes, je me suis entêtée. Ils ont cédé et j'y suis allée, mais je ne me suis pas tellement amusée. Et le soir, quand ils sont revenus me chercher… Il était tard, mon père était fatigué et il n'a pas vu à temps une voiture qui doublait en sens inverse. Je me suis réveillée à l'hôpital après quelques jours de coma, j'ai appris que ma mère était morte sur le coup et que mon père était en fauteuil roulant.

Luca la prit dans ses bras et la serra très fort.

— Je suis désolé. Je sais que ça ne peut pas effacer ta tristesse ni ton sentiment de culpabilité, mais tu n'étais qu'une enfant.

— Je n'ai jamais rencontré personne qui me comprenne vraiment, balbutia-t-elle, les larmes aux yeux. Remarque, depuis dix ans, je n'ai plus vu grand monde. Mais toi, je sais que tu me comprends.

Il lui attrapa la main pour l'écarter de son visage.

— Tu ne me connais pas, *cara*. Tu ne sais pas de quoi je suis capable.

Il y avait dans sa voix un tel mépris de lui-même qu'elle en frissonna.

— Pourquoi dis-tu ça ?

— Je ne t'ai pas tout raconté sur la mort de mon père et de mon frère, répondit-il d'une voix brisée par l'émotion.

S'ils se sont noyés, c'est ma faute. Nous étions en vacances en Argentine, et nous sommes allés sur une plage isolée où j'avais entendu dire que les vagues étaient énormes. Les conditions météo se sont dégradées, mais j'ai quand même voulu continuer à surfer sans écouter mon père qui me criait de revenir. J'ai très vite eu un problème. Mon père et mon frère ont été emportés par une vague en me portant secours. J'ai été le seul à m'en sortir et je ne me pardonnerai jamais d'avoir causé leur mort. Je me suis montré égoïste et imprudent, et en essayant de me sauver, ils se sont tous les deux noyés !

Artie se précipita vers lui et lui prit les mains.

— Oh ! Luca, tu n'étais qu'un enfant, à cette époque ! Les gamins se comportent toujours comme ça, surtout les adolescents. Tu n'as rien à te reprocher, mais je te comprends, tu sais, moi aussi je me reproche sans cesse d'avoir causé la mort de ma mère et l'infirmité de mon père.

— À certains moments, j'aurais préféré être mort moi-même et je suis certain que toi aussi tu as éprouvé ça. Mais ça n'aide personne, n'est-ce pas ?

— Non, dit-elle en se blottissant contre sa poitrine, les bras serrés autour de sa taille. Merci.

— De quoi ?

Sa voix résonna contre l'oreille d'Artie.

— De m'avoir écoutée et de m'avoir comprise. Sans me juger. Et aussi, ajouta-t-elle après avoir repris son souffle, parce que tu me désires alors que je croyais que personne ne me désirerait jamais.

Luca caressa doucement ses lèvres, allumant en elle une flamme plus brûlante que jamais.

— Oui, je te désire. J'ai tenté de l'ignorer, de le nier, de résister, mais j'en ai été incapable.

Sa voix s'était faite plus sourde, presque torturée, comme

s'il hésitait sur la conduite à tenir. Artie se passa la langue sur les lèvres et y rencontra son pouce au goût salé.

— Moi aussi je te désire, affirma-t-elle en lui caressant la joue, et je ne vois pas pourquoi nous devons nous en tenir aux règles que nous nous sommes fixées. Nous sommes physiquement attirés l'un par l'autre, alors pourquoi ne pas en profiter ? Après tout, nous sommes mariés, non ?

Où trouvait-elle le courage de lui parler ainsi ? Luca lui prit le visage entre ses mains et la contempla d'un air soucieux.

— Tu veux vraiment entamer une relation, sachant qu'elle prendra fin dans six mois ?

Ou peut—être jamais.

Elle ne le dit pas tout haut, choquée elle-même par cette petite voix intérieure.

Après l'accident, elle s'était toujours interdit de penser à trouver l'amour, à se marier, à fonder une famille, elle qui avait détruit la sienne. Mais, depuis sa rencontre avec Luca, elle y pensait sans cesse. Les désirs qu'elle avait voulu si longtemps ignorer se réveillaient et exigeaient d'être assouvis.

— Je veux savoir ce que c'est de faire l'amour avec un homme et je veux que cet homme, ce soit toi. Je sais que tu me traiteras avec respect.

— Jamais je n'ai désiré autant aucune femme, déclara-t-il en la dévorant du regard. Mais je m'étais interdit de profiter de la situation. Je trouvais déloyal de te donner de faux espoirs qui ne mèneraient à rien… de durable.

Elle se blottit contre lui et noua les bras autour de son cou.

— Arrête de trop réfléchir. Laisse-toi guider par ton cœur, pas par ton cerveau, et fais-moi l'amour, Luca.

— Tu le veux vraiment ? Il est encore temps de changer d'avis.

— Pas question ! répondit-elle avant de presser sa bouche contre la sienne.

— Pas ici. Viens…

Luca referma la porte de sa chambre sur eux et contempla Artie. Elle s'était attendue à se sentir intimidée et gauche, mais, dès qu'il eut commencé à déboutonner son chemisier, elle frémit de désir, impatiente de se trouver nue face à lui, de sentir sa peau contre la sienne.

Il l'embrassa en prenant tout son temps, mordillant ses lèvres, les taquinant de la langue, affamant ses sens. Sa bouche s'attarda derrière son oreille, et elle frémit à ce contact. Il glissa la main dans l'échancrure de son chemisier et caressa doucement son sein, déchaînant une tempête dans tout son corps.

— Je veux te caresser partout, dit-il sur un ton exigeant qui mit tous les sens de la jeune femme en émoi.

— Moi aussi, je veux te toucher, répliqua-t-elle en tirant sur son T-shirt pour le dégager de son jean avant de glisser les doigts sur ses pectoraux d'acier.

Jamais elle n'avait rien touché de semblable et elle en explora tous les contours, si durs sous la fine toison, s'émerveillant de ce corps si différent du sien, avide d'en découvrir davantage.

Luca défit son soutien-gorge et contempla longuement ses seins, les yeux brillants de désir.

— Comme ils sont beaux !

Il en agaça les pointes sans les quitter du regard. Sous les doigts experts de Luca, elle sentait chacun de ses nerfs revivre et dans son ventre une douce tiédeur se répandait…

Quand il posa les lèvres sur ses seins, elle s'agrippa à sa taille, submergée par des sensations vertigineuses. Doucement, il les mordilla, lui arrachant un cri.

— Oh…

— Tu aimes ça ?

— Oh oui ! Je voudrais que ça ne s'arrête jamais.

Quand il glissa la main sous la ceinture de son jean et en défit le bouton, une chaleur torride envahit Artie, dont les jambes se mirent à trembler de désir. Les yeux rivés aux siens, il la caressa à travers la dentelle de son slip.

— Moi aussi, je voudrais que ça ne s'arrête jamais, mais je ne veux pas me presser.

Elle posa les doigts sur la ceinture de Luca.

— Je peux ?

— Oui.

En retenant son souffle, elle défit la glissière et baissa son slip pour dénuder son sexe gonflé par une puissante érection, signe de son désir. Son désir pour *elle*. Lorsqu'elle y posa les doigts, il émit un souffle rauque et lui écarta la main avant de l'embrasser avec une ardeur qui témoignait aussi du besoin primitif qui habitait son corps. Elle y répondit avec une fougue qui la surprit elle-même…

Un peu plus tard, ils étaient nus tous les deux, sur le lit, et Luca la contemplait, les yeux brillants d'avidité. Soudain, son expression changea.

— Il nous faut prendre des précautions. Compte tenu des termes de notre relation, un accident serait malvenu.

Artie dut se rendre à l'évidence, même si cela lui semblait raisonnable, au fond d'elle-même, et ce rappel de la nature éphémère de leur relation lui fit l'effet d'une douche froide. Une grossesse accidentelle changerait tout et les lierait pour longtemps… Trop longtemps.

— Je te comprends. Moi non plus, je ne veux pas… d'accident.

Jamais elle n'avait imaginé avoir un jour un bébé, mais

brusquement une vision s'imposa à elle : un nourrisson aux cheveux noirs… Le bébé de Luca.

C'est de la folie. Tu connais les termes du contrat : six mois, pas plus.

N'allait-elle pas finir par le regretter ?

— Je tiens d'abord à ton plaisir, dit Luca en lui caressant la cuisse. Je veux que tu te sentes à l'aise et que tu me dises ce qui te plaît et ce qui ne te plaît pas.

Artie passa doucement le doigt sur sa lèvre.

— Jusque-là, tout m'a plu. J'appréhendais d'être nue devant toi, mais ça me semble si naturel… Tu comprends ?

Il lui prit la main et posa un baiser sur chacun de ses doigts, les yeux toujours rivés aux siens.

— Oui, mais vois-tu, de mon côté, jamais je n'ai fait l'amour à une vierge.

— Ça te rend nerveux ?

— Un peu.

— N'oublie pas que c'est moi qui ai voulu que tu me fasses l'amour. J'ai l'impression d'avoir attendu ce moment toute ma vie.

Luca l'embrassa avec une passion qui enflamma ses sens, puis il lui embrassa longuement les seins jusqu'à lui couper le souffle. Sa bouche descendit ensuite le long du corps d'Artie pour explorer son sexe humide. Mais à peine y avait-il glissé sa langue qu'un orgasme fit trembler le corps de la jeune femme. Des vagues de plaisir successives qui lui firent découvrir des sensations qu'elle n'avait encore jamais éprouvées.

— Je n'imaginais pas que ça puisse être… comme ça, balbutia-t-elle d'une voix qui tremblait encore.

— Cela va être encore meilleur, dit-il en lui caressant la joue. Bientôt, *cara*.

Soudain, l'expression de Luca se fit plus sérieuse.

— Tu sais, la presse raconte des tas de choses sur

ma vie, mais je ne suis pas le séducteur qu'on prétend. Malheureusement, mon grand-père croit ce qu'il lit dans les journaux. En effet j'ai eu quelques liaisons, dont beaucoup n'ont guère duré, mais j'ai toujours évité de faire souffrir, même si ça a pu m'arriver.

J'espère que moi, je ne souffrirai pas trop.

Elle commençait à en douter, sans avoir le courage de renoncer à lui avant que la situation ne se complique. Ce qu'il lui avait révélé sur lui-même lui donnait envie de mieux le connaître : son addiction au travail, sa peur des sentiments, ses relations sans lendemain. Il était emprisonné dans cette façon de vivre, tout autant qu'elle, dans le *castello.* Après leur séparation, allait-il retourner à sa vie de play-boy ?

— Je veux que tu me fasses l'amour, murmura-t-elle en lui caressant la joue. Je veux que toi aussi, tu aies du plaisir.

Le regard de Luca se posa sur sa bouche et se fit plus sombre.

— Tout ce que je fais avec toi me donne du plaisir, *cara.* Absolument tout, répondit-il en posant les lèvres sur les siennes.

Après ce baiser long et intense, Artie sentit se réveiller le désir dans le corps de Luca autant que dans le sien. Leurs jambes étaient nouées et son sexe dressé se pressait contre son corps. Sa bouche descendit vers ses seins qu'il explora avec tant de ferveur qu'elle se sentit fondre. Elle glissa la main vers son ventre, et quand elle rencontra son érection il l'incita en silence à des caresses plus appuyées.

Il se détourna pour prendre un préservatif qu'il enfila sans la quitter du regard.

— Je vais être très doux, mais je t'en prie, si tu veux que j'arrête, dis-le-moi. Je ne voudrais pas te faire mal.

— Tu ne me feras pas mal, répondit-elle, avide de le sentir enfin en elle.

Doucement, il entra en elle, et son corps l'accueillit sans douleur et sans la moindre résistance.

— Tout va bien ? demanda-t-il en marquant un temps d'arrêt.

— Mieux que bien, soupira-t-elle en l'attirant à elle.

Il se laissa faire tout en gardant un rythme lent et mesuré. Elle se cambra sous lui pour aller plus loin, le corps soulevé par des vagues de plaisir. Haletant, il accéléra un peu ses mouvements, et elle adopta son rythme, tandis que la tension montait crescendo. Elle était au bord de l'extase lorsque Luca passa la main entre leurs corps pour caresser sa chair gonflée. Un plaisir d'une intensité inouïe l'envahit alors en vagues successives qui la submergèrent, et elle perdit tout contact avec la réalité.

Luca jouit peu après, et son corps se crispa dans un cri de plaisir. Artie le tint longtemps serré contre elle, respirant son odeur virile, comblée. Dans sa béatitude, elle laissa errer ses pensées…

Luca Ferrantelli était son mari. Son premier amant.

Leur désir réciproque l'unissait à lui d'une façon qui allait bien au-delà du simple plaisir physique. Une alchimie si puissante, si magique qu'elle pouvait produire une réaction explosive, dont elle sentait les échos au plus profond de son corps.

Comment avait-elle pu le trouver arrogant et dominateur alors qu'il lui avait témoigné tant de respect et veillé à ce qu'elle soit satisfaite d'abord, au mépris de son propre plaisir ?

Toutefois, ce n'était pas une raison pour tomber amoureuse. Elle connaissait les règles et elle les avait acceptées. Mais elle voulait tirer le meilleur de leur relation, si intense et si joyeuse à la fois.

Luca se releva sur le coude pour se dégager et ôta le préservatif avec soin.

— Comment te sens-tu ? demanda-t-il en lui caressant la joue.

Sa voix était un peu enrouée et son expression plus tendre qu'elle ne s'y attendait. Peut-être cette première fois, pour elle et pour eux, l'avait-elle touché au cœur ?

— Très bien.

— Je ne t'ai pas fait mal ?

— Pas du tout. Merci de t'être montré aussi prévenant.

— J'ai cherché d'abord à te faire plaisir. Je ne voudrais pas que tu te croies obligée de me satisfaire à tes dépens.

— Et pour toi, c'était bien ? s'enquit Artie en lui effleurant la bouche du doigt.

— C'était merveilleux, répondit-il en se penchant pour l'embrasser d'un air pensif. Je n'ai jamais spécialement recherché les vierges : pour moi, la virginité n'est pas un trophée à conquérir, mais je me sens privilégié d'avoir pu faire l'amour avec toi.

Artie enfouit son visage au creux de son épaule.

— Moi aussi, je me sens privilégiée. Tu as tout fait pour que ce soit parfait.

Il y eut un long silence.

— Je vais aller me rhabiller…

— C'est vraiment ce dont tu as envie ?

— Peut-être pas, chuchota-t-il en se laissant retomber sur le lit avant de poser la bouche sur celle de la jeune femme.

8.

Un peu plus tard dans la matinée, Luca dut faire un gros effort pour se convaincre de sortir du lit. Jamais il n'avait passé une matinée aussi agréable et il ne s'attendait pas à prendre autant de plaisir à faire l'amour avec Artie. Cela le troublait énormément.

Pourquoi était-ce si particulier ? Parce qu'il était blasé et elle, innocente, contrairement à ses conquêtes d'un soir ? Ou parce que sa peau était si douce ? À cause de la sensation de sa bouche sous la sienne ? Ou de ses caresses, de ses soupirs, de ses cris qui lui donnaient l'impression d'être un homme, un vrai ?

La confiance qu'elle lui avait témoignée l'avait profondément touché, et il lui avait rendu la pareille en s'assurant qu'elle était satisfaite. Mais son propre plaisir s'était révélé inouï, comme si son corps était endormi jusque-là, comme s'il n'avait pas encore découvert toutes les nuances du plaisir. La douceur des mains d'Artie, ses lèvres tièdes sur sa peau, le délicieux frottement de sa chair si tendre contre la sienne, chacun de ses baisers, chacune de ses caresses, tout s'était gravé dans sa mémoire et l'enflammait encore.

Et il avait envie de recommencer ! Lui qui ne gardait jamais une maîtresse plus d'une semaine ou deux et avait verrouillé son cœur depuis si longtemps qu'il n'aurait jamais cru pouvoir le sentir battre de nouveau.

Et pourtant...

Chaque fois que les grands yeux bruns d'Artie se posaient sur lui, quelque chose palpitait dans sa poitrine. Chaque fois que leurs bouches se prenaient, une flamme embrasait son corps, d'une ardeur inouïe. Chaque fois qu'elle lui souriait, c'était comme un lever de soleil après une interminable nuit.

Il posa les pieds par terre avant d'être tenté de lui faire l'amour pour la troisième fois et se retourna pour lui tendre la main.

— Viens, allons faire une promenade !

Elle se leva et lui fit face avant de le prendre par la taille, les yeux étincelants, les lèvres gonflées de ses baisers.

— Restons plutôt ici…

Luca fronça les sourcils. S'ingénier à vaincre sa phobie était pénible, surtout au début, il fallait qu'elle persévère pour obtenir des résultats.

— *Cara*, tu procrastines. Cette conduite d'évitement ne peut qu'aggraver les choses.

Soudain, le regard d'Artie perdit son éclat et son visage se crispa. Elle le lâcha et attrapa un drap pour couvrir sa nudité, comme si elle avait honte de son corps.

— Tout à l'heure, tu étais mon mari provisoire et mon amant, pas mon thérapeute. Je n'aime pas que tu cherches à me corriger.

Il laissa échapper un soupir de frustration.

— Je ne cherche pas à te corriger, *cara*, mais simplement à t'aider à avoir le courage d'aller chaque jour un peu plus loin. Je veux rester avec toi tout le temps, mais sans pour autant te pousser à faire quoi que ce soit qui te déplaise. Tu peux me faire confiance.

Elle se mordit la lèvre.

— Je sais que tu es plein de bonnes intentions, mais j'ai déjà essayé et j'ai échoué.

— Peut-être, mais aujourd'hui est un autre jour.

— D'accord, répondit Artie après un long silence, je vais

faire une nouvelle tentative. Mais puis-je d'abord prendre une douche ?

— D'accord. Rendez-vous en bas dans une demi-heure.

Il aurait bien aimé la rejoindre sous le jet brûlant, mais choisit sagement de s'abstenir. Arrivée devant la porte de la salle de bains, elle se retourna et le fixa d'un air soupçonneux.

— Est-ce que par hasard tu ne m'as pas fait l'amour uniquement pour que j'accepte de t'accompagner à l'extérieur du *castello* ?

— Je t'ai fait l'amour parce que je te désirais et que tu me désirais aussi.

Et que je te désire encore. Terriblement.

— J'espère que cette fois je ne te décevrai pas.

Luca la prit par le menton pour lui relever la tête et poser un doux baiser sur ses lèvres.

— Jamais tu ne me décevras.

Artie prit sa douche en s'interrogeant sur ce que Luca allait lui demander de faire. Elle avait connu tellement d'échecs, pourquoi cela changerait-il maintenant ? La boule au ventre, les jambes vacillantes, elle frissonna. Mais il lui avait promis de l'accompagner, de l'aider à affronter sa peur — une peur avec laquelle elle vivait depuis si longtemps que c'était une part d'elle-même —, et elle s'en trouvait toute ragaillardie. Sans cette peur, qui serait-elle aujourd'hui ? Pourtant, faire l'amour avec Luca lui avait donné le courage de s'aventurer hors de sa zone de confort. Sa peau vibrait encore de la magie de ses caresses, et, au plus intime d'elle-même, une légère irritation lui rappelait son corps puissant et vigoureux.

Luca l'attendait au pied de l'escalier.

— Tu es prête ? s'enquit-il en lui prenant la main pour franchir la porte. Notre but, c'est d'aller plus loin qu'hier, même si nous ne franchissons pas les grilles. Ce sera toujours ça de gagné, c'est la meilleure façon d'aborder une épreuve – par étapes.

— Ça me paraît très raisonnable, répondit Artie en s'appliquant à respirer à fond. On y va ?

Le soleil brillait et quelques nuages pommelés parsemaient le ciel clair. Une légère brise leur apportait un doux parfum de rose ancienne.

— Merci de te montrer si patient, dit-elle en souriant à Luca dont la main ferme et chaude emprisonnait la sienne.

Il passa son bras sous le sien pour l'attirer à lui tandis qu'ils descendaient l'allée pavée jusqu'aux grilles de fer forgé.

— Je crois qu'hier je t'ai fait marcher trop vite. Mieux vaut avancer lentement, nous avons tout le temps de nous arrêter pour profiter du parfum des roses.

Artie essaya de se concentrer sur la senteur épicée des fleurs plutôt que sur la peur qui la faisait frémir, le bras musclé de Luca glissé sous le sien.

— Tu dois me trouver ridicule, déclara-t-elle sans oser le regarder. Oui, je suis absolument ridicule !

— Pas du tout, affirma-t-il en lui pressant le bras. La peur est une émotion très puissante, paralysante. La peur d'échouer, la peur de réussir, la peur de…

— S'engager, compléta Artie.

— Oui, aussi, acquiesça-t-il après un silence.

— La peur d'aimer, ajouta-t-elle sans se préoccuper de la distance qui la séparait des grilles.

Il y eut un autre silence, plus long, seulement ponctué par le souffle de la brise et par le chant des oiseaux dans les buissons alentour.

— La peur d'être incapable d'aimer, continua-t-il avec une note de tristesse dans la voix.

Artie s'arrêta pour observer son visage toujours impassible.

— Pourquoi te crois-tu incapable d'aimer ? Tu aimes pourtant ton grand-père.

— L'amour familial, c'est complètement différent. Je ne me sens pas capable d'aimer quelqu'un pour le reste de mes jours. Je finirais toujours par le décevoir et lui faire du mal.

— Mais l'amour est-il un choix ? Je veux dire, moi, je ne suis jamais tombée amoureuse, mais j'ai toujours pensé que ce n'était pas un acte volontaire. Ça arrive, voilà tout !

Il lui prit doucement une mèche de cheveux qu'il ramena derrière son oreille en la contemplant d'un air lointain, indéfinissable.

— Quelques personnes ont la chance d'aimer pour la vie, mais d'autres meurent et l'amour devient un supplice pour celui ou celle qu'elles laissent derrière elles.

— C'est ce qui est arrivé à ta mère ?

Il regarda au loin, d'un air sombre.

— Jamais je n'oublierai le visage dévasté de ma mère quand on lui a annoncé que mon père et mon frère s'étaient noyés. Ce jour-là, elle n'est pas rentrée à la maison avec nous et quand j'y suis arrivé, tout seul…

Sa voix se brisa d'émotion contenue.

— Pendant des mois, des années, elle n'a plus pu me regarder sans se mettre à pleurer. Alors j'ai trouvé plus facile de me tenir à distance, parce que j'avais horreur de la voir dans cet état, sachant que j'étais responsable de son malheur.

Artie le prit par la taille et l'attira à elle.

— Luca, il faut que tu apprennes à te pardonner. Tu étais un jeune ado, et elle a sûrement été heureuse que tu n'aies pas été emporté toi aussi. Tu aurais pu te noyer.

Il se dégagea en lui adressant un sourire amer.

— Au début, j'aurais préféré être mort. Et puis, j'ai compris que je devais à mon frère et à mon père de vivre le mieux que je pourrais, pour leur faire honneur.

Travailler dur. Ne pas aimer. Ne pas s'engager. Ne pas

se montrer vulnérable. Une vie solitaire qui ressemblait un peu à la sienne, songea Artie. En frissonnant, elle contempla les grilles du *castello.* Le soleil avait disparu derrière un nuage, et les oiseaux s'étaient tus comme si un prédateur menaçant rôdait dans l'ombre.

— Luca, je ne crois pas que je pourrai aller plus loin…

Il passa son bras sous le sien et lui reprit fermement la main.

— Tout ira bien. On y est presque. On est déjà allés plus loin qu'hier. Encore quelques pas et…

— Non !

Elle échappa à son étreinte et se rua en direction du *castello.*

— Je ne peux pas.

Il la rattrapa, la prit par le poignet et l'obligea à lui faire face.

— Attention, sinon tu vas trébucher et te tordre la cheville.

Elle se sentait si oppressée qu'elle avait du mal à respirer, ses jambes tremblaient et son front était couvert de sueur. Elle sentit des larmes brûlantes lui monter aux yeux et tenta de les ravaler, en vain : sa gorge était trop serrée.

Je vais mourir. Mourir.

Les mots dansaient dans sa tête, chuchotés par l'angoisse informe qui la consumait.

Luca la serra contre sa poitrine en lui caressant doucement le dos et les épaules.

— Respire, *cara.* Respire à fond et expire en comptant jusqu'à trois. Un. Deux. Trois. Encore. Un. Deux. Trois.

Peu à peu, sous ses caresses, la tempête qui l'habitait commença à se calmer et la brume qui emplissait son cerveau se dissipa en même temps que sa peur, au fur et à mesure que son sang retrouvait de l'oxygène. Elle sentait le torse de Luca contre ses seins, sa main qui lui caressait les épaules, son sexe viril contre son ventre et son menton au-dessus de sa tête… Elle entendait le battement régulier de son cœur, percevait l'odeur délicieuse de sa peau et le désir qui se réveillait dans son propre corps, au plus intime d'elle-même.

— Tu t'en es bien sortie, lui dit Luca en lui souriant tendrement. Ce n'est que ton deuxième essai. Ne t'en fais pas, nous recommencerons demain.

— Et si je n'y arrive pas ?

— Ne te démoralise pas, *cara*. Je sais que tu en es capable. Si tu persévères, tu as déjà gagné la bataille ou presque.

Artie lui adressa un sourire tremblant, heureuse qu'il croie en elle et rassurée qu'il se soit engagé à la soutenir. Touchée par sa patience et par son implication.

— Je veux réussir. J'en ai vraiment assez de vivre comme ça. Je veux exister hors du *castello*.

— Et moi, je veux te montrer la vie hors de ces murs, répondit-il en lui prenant le visage entre ses mains. Nous pourrons faire tant de choses ensemble : dîner, danser, aller au spectacle, skier, randonner… Je te montrerai tous les lieux que j'aime.

— J'ai tant de choses à rattraper ! déclara Artie avec un demi-sourire. Et seulement six mois pour le faire.

La main de Luca retomba et son visage se durcit, comme si cette allusion à la fin de leur relation le déstabilisait.

— Le plus important, c'est d'abord que je te présente à mon grand-père. Je ne peux pas prolonger notre prétendue lune de miel.

— Peut-être sera-t-il bientôt assez en forme pour venir jusqu'ici, dit-elle, sans trop y croire.

Luca se passa la main dans les cheveux d'un air dubitatif.

— Je crains que ça ne soit pas possible. De plus, j'ai du travail qui m'attend. Je ne vais pas pouvoir rester ici indéfiniment.

— Je ne veux pas t'empêcher de travailler. Tu peux partir dès que tu veux.

Il la fixa droit dans les yeux, déterminé, intraitable.

— Je veux que tu viennes avec moi.

L'éclat de son regard fit courir un frisson dans le dos d'Artie. L'alchimie qui les unissait faisait crépiter l'air chaque fois que leurs yeux se rencontraient, que leurs corps se touchaient. Il s'approcha pour lui caresser les cheveux, et elle sentit son souffle s'accélérer. Ses yeux s'arrêtèrent sur sa bouche, et de nouveau tout son corps fut parcouru d'un long frisson.

— Jamais je n'aurais cru pouvoir éprouver un désir aussi violent, ajouta-t-il avec ferveur.

Artie se rapprocha encore et posa les mains sur son torse, le ventre tout contre le sien.

— Moi aussi, j'ai envie de toi.

Il appuya son front à celui de la jeune femme, et leurs souffles se mêlèrent.

— Pas encore. J'aurais peur de te faire mal.

Elle effleura ses lèvres des siennes.

— Je n'ai pas eu mal du tout. Tu t'es montré si doux avec moi !

Il se rapprocha d'elle pour l'embrasser passionnément, et leurs langues se joignirent dans une danse sensuelle qui enflamma leurs corps.

Approfondissant son baiser, il glissa la main dans son soutien-gorge. La chaleur de sa paume et le contact possessif de ses doigts qui lui agaçaient la pointe du sein lui procurèrent des sensations aussi puissantes qu'exquises. Il quitta sa bouche pour happer de ses lèvres la pointe dressée de son sein…

Soudain, le téléphone de Luca se mit à sonner dans la poche de son pantalon. Il se redressa.

— Je préfère décrocher car c'est la sonnerie de l'aide-soignante de *Nonno*, dit-il en sortant l'appareil d'un air soucieux.

Artie remit de l'ordre dans ses vêtements en s'efforçant de ne pas écouter la conversation, mais c'était impossible. Le grand-père de Luca était tombé et allait être transporté à l'hôpital car on suspectait une fracture du col du fémur. Luca promit à la soignante de le rejoindre le plus vite possible et raccrocha.

— Tu as compris ce qui s'était passé ?

— Tu crois que ça va aller ? demanda-t-elle en posant la main sur sa joue.

— Qui peut le dire ? Il a quatre-vingt-trois ans. À cet âge, une fracture du col du fémur, ce n'est pas rien. Je vais partir immédiatement pour l'hôpital et j'essayerai de parler au chirurgien orthopédique. Je tiens à m'assurer qu'il bénéficie des meilleurs soins.

Il fixa Artie droit dans les yeux.

— C'est peut-être ton unique chance de le voir vivant, dit-il d'une voix rauque qu'il s'efforçait de maîtriser.

Tout son visage exprimait une énorme tension, et il avait du mal à contrôler sa respiration. Artie sentit sa gorge se serrer.

— J'aurais tellement aimé t'accompagner, Luca.

Il lui prit la main et la pressa en esquissant un sourire.

— Je reviendrai dès que je pourrai.

— Transmets-lui tous mes vœux de prompt rétablissement.

Il devait trouver ces mots bien plats, alors qu'il aurait tant voulu qu'elle soit à ses côtés, songea-t-elle, en se reprochant de ne pas remplir sa part du contrat. De le laisser affronter seul cette épreuve parce qu'elle était incapable de maîtriser sa peur…

Elle regarda sa voiture s'éloigner, le cœur déchiré de ne pas avoir pu l'accompagner, plus triste encore qu'elle ne s'y attendait. Elle avait l'impression d'être privée d'une part d'elle-même. Le *castello* lui apparaissait plus que jamais comme une prison et son angoisse un horrible fardeau. Pourquoi n'avait-elle pas pu vaincre sa peur et l'accompagner ? Devrait-elle rester toute sa vie prisonnière entre ces murs ? Luca avait besoin d'elle et elle, elle n'avait pas d'autre désir que d'être à ses côtés.

Parce qu'elle l'aimait.

Inutile désormais de chercher à nier ses sentiments. Malgré les règles fixées, malgré ses efforts pour protéger son cœur, elle était tombée amoureuse. Quand Luca l'avait embrassée, il l'avait réveillée d'une forme de coma émotionnel et rendue à une vie plus complète et plus épanouissante. Comment pouvait-elle le laisser tomber au moment où il avait besoin d'elle ? Pourquoi ne pouvait-elle pas vaincre son angoisse pour lui apporter son aide ?

Rosa sortit pour la rejoindre.

— Tu sais quand il va revenir ?

— Non, répondit Artie en soupirant. Je me sentais trop mal pour l'accompagner, mais je souffre de ne pas pouvoir être avec lui, car il a besoin de moi.

Rosa lui jeta un regard pensif.

— Qu'est-ce qui t'angoisse le plus : quitter cette maison ou ne pas être à ses côtés ?

Artie se mordit la lèvre, en proie à une foule d'émotions négatives : son impression d'échec, son manque de courage, son incapacité à vaincre sa phobie.

Elle aurait voulu que la terre l'engloutisse. Mais se cacher n'avait jamais rien résolu. Cela faisait dix ans qu'elle se cachait et ça n'avait rien changé.

Et pourtant, si… quelque chose avait changé. Luca l'avait changée. Il l'avait éveillée à des sensations et à des sentiments qu'elle n'aurait même pas crus possibles quelques jours plus tôt. Il était une lueur dans sa nuit, un baume salvateur sur ses blessures, la promesse de vivre un jour hors de ces murs de pierre. Il était sa porte ouverte sur le monde extérieur, un monde qui la terrifiait parce qu'elle avait l'impression de ne pas pouvoir lui faire confiance.

Mais elle avait confiance en Luca.

Son corps, qu'elle lui avait offert, avait confiance en lui et lui avait répondu avec une passion dont elle sentait encore l'empreinte dans sa chair la plus intime. Son amour pour lui était plus fort que sa peur. Beaucoup plus fort. Et il la soutiendrait quand elle affronterait ses démons. Elle avait le désir d'emprunter une route qu'elle croyait jusque-là interdite. Il était hors les murs de sa prison, et le seul moyen de le voir désormais était de quitter le *castello*, galvanisée par cet amour.

L'amour était capable de surmonter tous les obstacles. Elle allait en donner la preuve.

9.

Luca arriva à temps à l'hôpital pour parler à son grand-père avant qu'on le transporte au bloc opératoire. *Nonno* était tout pâle, et son visage était marqué d'un énorme bleu, ainsi que le bras avec lequel il avait tenté d'amortir sa chute. Luca prit sa main parcheminée pour tenter de le rassurer.

— Je vais rester ici jusqu'à ce que tu sois tiré d'affaire. Ne te tracasse pas.

Les yeux de *Nonno* se mouillèrent de larmes.

— Quand vais-je enfin faire la connaissance de ta femme ? Dépêche-toi de me l'amener avant qu'il ne soit trop tard.

— Elle va arriver, répondit Luca, en priant pour être exaucé. Tu ne voudrais pas lui faire peur avec tous tes bleus ?

— Je suis si content que tu te sois enfin fixé, Luca. Ça fait trop longtemps que je me fais du souci pour toi.

— Je sais, mais j'attendais de tomber sur la bonne personne. Tout comme toi avec *Nonna*.

Le plus étrange, c'est qu'il avait l'impression de dire vrai. Il ne s'imaginait pas faire l'amour avec une autre femme qu'Artie, même si leur relation ne devait durer que six mois. Mais pas question d'envisager le long terme, alors qu'il avait déjà détruit trop de vies.

— Ta grand-mère était une femme exceptionnelle et elle me manque chaque jour, répondit *Nonno* dont le visage s'éclaira fugitivement.

— Je sais. À moi aussi elle me manque.

Encore une bonne raison de ne pas tomber amoureux : la douleur qu'on ressentait quand l'être aimé disparaissait, vous laissant seul et le cœur en miettes. Une forme de torture que Luca préférait éviter, s'il le pouvait.

Artie lui manquait déjà alors qu'il ne lui avait fallu que deux heures pour se rendre à l'hôpital. Il aurait aimé qu'elle l'accompagne pour faire la connaissance de son grand-père, une envie qu'il n'avait jamais ressentie avec ses autres compagnes, même les plus agréables.

Lorsqu'ils avaient fait l'amour, Artie et lui, il lui avait semblé que pour lui aussi, c'était la première fois, et il avait découvert son propre corps tout autant que le sien. Il l'avait ressenti de façon très différente, comme si ses réactions étaient modifiées, plus puissantes, plus intenses. Il aurait tout donné pour la voir sourire, pour sentir sa main dans la sienne et son corps lové contre le sien.

Son grand-père se tourna vers lui et le fixa droit dans les yeux.

— Luca, durant toutes ces années, j'ai été trop dur avec toi, je m'en rends compte maintenant que je n'y peux plus rien. J'attendais beaucoup de toi, et après la mort de ton père et d'Angelo, tu as dû grandir trop vite. Tu as travaillé trop dur, mais ton père aurait été fier du résultat. Tu as poursuivi son œuvre et fait de Ferrantelli Enterprises une grande réussite. Pourtant, je voudrais que tu sois heureux. La réussite, c'est très bien, mais le but de la vie, c'est l'accomplissement personnel.

À cet instant, un aide-soignant arriva pour conduire *Nonno* au bloc. Luca serra doucement la main de son grand-père.

— Tu vas t'en sortir, *Nonno*. Je t'attends ici.

Une fois seul dans la chambre, Luca s'adossa dans son fauteuil, étendit les jambes et ferma les yeux. L'hôpital ravivait en lui des émotions qu'il aurait préféré oublier et lui rappelait la tragédie qu'il avait vécue. Jusqu'à ce que *Nonno* soit reconduit dans sa chambre, l'attente risquait d'être longue, mais il tenait à être là à son retour.

S'il revenait…

Artie déposa son sac dans le coffre de la voiture de Rosa et le referma. Puis elle prit sa respiration et compta jusqu'à trois avant de s'asseoir sur le siège du passager.

— Oui, je peux le faire.

Je dois le faire. Pour Luca. Pour moi. Pour son grand-père.

Elle boucla la ceinture, le cœur battant, les mains et le visage moites.

— Tu le veux vraiment ? demanda Rosa en tournant la clé de contact.

Artie acquiesça d'un air déterminé.

— Oui, vraiment. Ce ne sera pas facile, mais je veux rejoindre Luca. J'ai besoin d'être avec lui.

La voiture descendit l'allée et les grilles s'ouvrirent automatiquement tandis qu'Artie se concentrait sur sa respiration, essayant d'ignorer la peur qui la tenaillait. Elle avait la gorge serrée et son cœur battait à se rompre, mais elle se sentait bien… presque bien.

Rosa lui jeta un coup d'œil inquiet.

— Comment vas-tu ?

Artie agrippa la ceinture de sécurité, alors que son rythme cardiaque s'emballait davantage encore.

— Le plus vite sera le mieux. Continue. Nous sommes presque à l'extérieur.

La voiture franchit les grilles et elle retint son souffle, redoutant la crise d'angoisse. Mais, au lieu des cris silencieux qui retentissaient d'habitude dans sa tête, c'est la voix calme de Luca qu'elle entendit et qui la guida pour traverser les vagues successives de panique.

« Respire, *cara*, Un. Deux. Trois. »

Ce n'était pas la première fois qu'on lui apprenait à contrôler sa respiration, deux thérapeutes avaient déjà tenté de le faire, sans guère obtenir de résultats. Mais la voix de Luca lui donnait le courage d'aller plus loin qu'elle ne l'avait jamais fait depuis dix ans. Hors des grilles du *castello*, dans le monde extérieur.

Elle regarda Rosa en riant.

— J'ai réussi ! Je suis dehors !

Rosa lui sourit à travers ses larmes.

— Oui, tu es dehors !

Le reste du trajet ne fut pas facile, et elles durent s'arrêter plusieurs fois pour qu'Artie réussisse à maîtriser sa panique. À un moment, elle crut même qu'elle allait vomir, mais elle parvint à se concentrer sur le spectacle du dehors : des paysages qu'elle avait cru ne jamais revoir, des champs verdoyants, des montagnes, des vignobles, des vergers et des oliveraies, l'Ombrie tout entière... Les lieux de son enfance qu'elle avait traversés jadis avec ses parents. Ces souvenirs heureux et tristes, poignants et douloureux, c'était une période de sa vie qui s'achevait. Il fallait aller de l'avant, désormais, et Luca lui avait procuré les moyens et la motivation de changer sa façon de penser, de se concentrer sur un autre but. Plus elles s'éloignaient du *castello*, plus cela devenait facile, parce qu'elle savait qu'elle se rapprochait de lui.

Puis elles arrivèrent à l'hôpital.

Artie avait oublié l'hôpital. La foule, l'affairement, la précipitation... Elle revit soudain le corps meurtri et sans vie de sa mère, son père, en réanimation.

Tout cela est arrivé par ta faute. Par ta faute !

Elle avait détruit sa famille.

Elle sentit son cœur bondir hors de sa poitrine et agrippa les bords de son siège.

— Je ne vais pas pouvoir entrer.

— Tu as fait le plus difficile, protesta Rosa en se garant sur le parking des visiteurs.

— C'était une erreur, répondit Artie en fermant les yeux pour ne pas voir la porte en face d'elle. Je ne peux pas. Je ne suis pas prête.

Je ne serai jamais prête.

— Et si j'appelais Luca pour qu'il vienne te chercher ?

Elle ouvrit les yeux, reprit sa respiration et expira lentement. Luca se trouvait à l'intérieur de l'hôpital, à quelques mètres, et elle avait déjà accompli tout ce trajet.

— Non. Je veux le rejoindre par mes propres moyens. Rentre chez toi, je te rappellerai dans quelques jours, quand nous en saurons davantage sur l'état de son grand-père.

Elle redressa les épaules.

— Je suis prête. Je vais y aller. Souhaite-moi bonne chance.

Rosa lui sourit en chassant ses larmes d'un revers de main.

— Tu vas y arriver.

En entendant qu'on poussait la porte de la chambre de son grand-père, Luca tourna la tête, mais, au lieu d'une infirmière, il vit entrer Artie. Un instant, il crut qu'il rêvait, puis il bondit de sa chaise et la prit par les bras pour s'assurer que ce n'était pas un produit de son imagination.

— *Cara* ? Comment es-tu arrivée jusqu'ici ? Je n'en crois pas mes yeux !

Elle lui sourit.

— C'est Rosa qui m'a amenée. Je voulais être avec toi, alors je me suis forcée à venir. Ça n'a pas été facile, mais j'ai réussi à respirer comme tu m'as montré et je m'en suis sortie.

Luca la serra contre sa poitrine. L'odeur fleurie de ses cheveux lui emplissait les poumons, et il se sentait submergé par l'émotion en pensant à l'effort qu'elle avait dû fournir pour dompter sa peur.

Pour lui ?

Cela faisait dix ans qu'elle vivait avec cette peur, et elle avait réussi à la dominer pour venir le retrouver au moment où il devait faire face à l'éventualité de la mort de son grand-père. Il se sentait… honoré, en proie à une émotion qu'il avait rarement ressentie. D'habitude, ses relations avec les autres étaient plutôt impersonnelles : il prenait d'eux ce qu'il voulait et eux faisaient de même. Mais Artie lui avait apporté quelque chose qu'il n'avait jamais connu auparavant : elle lui faisait entièrement confiance.

— Quel courage, *mia piccola* ! Et quel bonheur de t'avoir auprès de moi ! Je n'arrive pas à y croire ! dit-il en lui caressant la joue. *Nonno* va être si heureux de te connaître.

— Comment va-t-il ? s'enquit-elle d'une voix pleine d'inquiétude. Tu as pu lui parler avant qu'il…

— Oui, coupa Luca. En ce moment, il est au bloc, ou peut-être déjà en salle de réveil. Tu sais, tu m'as manqué.

— À moi aussi, tu m'as manqué.

Il l'attira contre lui et l'embrassa avec ferveur. Elle se blottit contre lui et entrouvrit la bouche pour goûter sa langue, ce qui raviva le désir au creux du ventre de Luca. Ses lèvres avaient un goût de framboise, et elle poussa un petit gémissement de plaisir qui l'enchanta et enflamma son corps davantage encore. Comment un simple baiser pouvait-il faire tant de ravages et allumer un tel feu dans sa chair ?

Parce que c'était un baiser d'*elle*. Il s'écarta pour contempler son visage rose de plaisir et ses yeux brillants.

— Si nous n'étions pas dans une chambre d'hôpital, je te montrerais à quel point tu m'as manqué !

Ses joues rosirent davantage encore.

— J'ai renvoyé Rosa chez elle. Je peux rester ici avec toi ?

— Rien ne pourrait me faire plus plaisir. Ma villa est à une demi-heure d'ici.

— Merci de m'avoir aidée à maîtriser mon angoisse, dit-elle en lui caressant le visage. Je sais que ce n'est qu'un début et que j'ai encore beaucoup de chemin à faire, mais je crois avoir bien avancé, déjà.

— Je suis très fier de toi, tu sais. Les premiers pas sont toujours les plus difficiles.

— En pensant à toi, j'ai réussi à me concentrer sur autre chose que sur ma peur. Je savais que tu avais besoin de moi ici et j'avais envie d'être avec toi. Cela m'a motivée à quitter enfin le *castello*.

Luca lui prit le visage entre ses mains, les yeux rivés aux siens.

— Dès que *Nonno* sera hors de danger, je t'aiderai à accomplir tout ce dont tu as rêvé.

Elle noua les bras autour de son cou et se hissa sur la pointe des pieds pour poser sur sa bouche un tendre baiser.

— J'aurai du mal à attendre, murmura-t-elle.

Quelques minutes plus tard, on ramena le grand-père dans sa chambre. Artie prit la main de Luca, un peu nerveuse. Elle ne savait pas quoi dire, mais la présence de Luca la rendait plus forte. Dans leur relation, quelque chose avait changé, et elle se sentait plus confiante encore vis-à-vis de lui. Même s'il ne l'aimait pas, il voulait qu'elle reste avec lui et pour le moment, ça lui suffisait.

Il le fallait bien.

Son amour pouvait sembler précipité, mais n'était-ce pas souvent le cas ? C'était une attirance instinctive, une alchimie indéniable, une force irrésistible. Luca ne se croyait pas capable d'aimer, mais elle, elle s'était bien crue incapable de quitter le *castello*. Pourtant, elle avait trouvé le courage de partir. Pourquoi n'en irait-il pas de même pour lui ? Pourquoi ne trouverait-il pas le courage d'aimer sans avoir peur ?

Le vieil homme entrouvrit un œil.

— Je suis là, *Nonno*, et Artie aussi.

Le vieil homme tourna la tête, et son regard s'éclaira.

— Ma chère petite, quel bonheur de vous voir enfin ! J'espère que vous serez aussi heureuse avec Luca que je l'ai été avec Marietta.

— *Buongiorno, signore* Ferrantelli, dit Artie en avançant vers lui. Je suis heureuse de vous rencontrer.

— Appelle-moi *Nonno*, répondit le grand-père en lui serrant la main. Maintenant, tu fais partie de la famille, *sì* ?

La famille… S'il savait qu'elle n'en ferait pas longtemps partie ! En souriant, elle lui pressa doucement la main.

— Oui, *Nonno*, maintenant, je fais partie de la famille.

Une heure plus tard, Artie et Luca roulaient vers la propriété qu'il possédait en Toscane, à quelques kilomètres de San Gimignano dont les quatorze tours médiévales se dressaient à l'horizon. Tout autour du village se succédaient les collines et les vallées fertiles couvertes de vignobles, d'oliveraies et de champs de coquelicots d'un rouge éclatant. De grands pins se dressaient telles des sentinelles au bord des champs verdoyants, et le soleil couchant baignait ce paysage spectaculaire de sa lumière dorée. Émue par tant de beauté, Artie s'essuya discrètement les yeux.

— C'est si beau ! Ces couleurs, cette lumière – tout. Je n'arrive pas à croire que je regarde ce paysage en réalité et pas sur un écran ou sur un magazine, dit-elle en se tournant vers Luca. Ça t'ennuie si on s'arrête une minute ? Je voudrais prendre une bouffée d'air en écoutant les bruits de la nature.

— Bien sûr.

Luca se gara et sortit pour lui ouvrir la portière. Puis il lui saisit la main pour l'aider, le sourire aux lèvres.

— C'est un lieu magique, tu ne trouves pas ?

— Oui, acquiesça Artie en offrant son visage à la brise du soir.

L'air embaumait les herbes sauvages et la résine de pin chauffée au soleil. Des oiseaux pépiaient tandis qu'au-dessus d'eux un rapace se laissait porter par les courants tièdes, cherchant sa proie. Le cœur d'Artie se gonfla d'émotion à la pensée que Luca lui avait permis d'échapper au passé qui l'emprisonnait.

— Jamais je n'aurais cru que je pourrais un jour de nouveau goûter cette beauté.

Il la prit par la taille pour l'attirer à lui.

— Je suis fier de toi. Ça n'a sûrement pas été facile, mais regarde ce dont tu as été capable !

— Je ne sais pas comment te remercier.

— Moi, je sais, dit-il en posant les lèvres sur les siennes. Mais nous ferions peut-être mieux de repartir avant qu'il fasse complètement nuit.

Une fois dans la voiture, il se tourna vers elle.

— Merci d'avoir été aussi gentille avec *Nonno*, poursuivit-il. Il t'aime déjà. Tu lui rappelles ma grand-mère.

— Comment était-elle ? demanda-t-elle, flattée par ce compliment. Tu étais proche d'elle ?

Le visage de Luca s'assombrit lentement, comme le ciel du crépuscule.

— Avant que mon père et mon frère se noient, oui, j'étais proche d'elle, mais leur mort l'a dévastée et jamais elle n'a retrouvé sa joie de vivre.

Ses mains se crispèrent sur le volant.

— Comme à ma mère, ma présence lui rappelait trop douloureusement la perte qu'elle avait subie. Quand je devais retourner en pension, j'éprouvais toujours un certain soulagement, et partir à la fac a été une libération

Artie lui caressa la cuisse, le cœur chaviré à l'idée qu'il ait tant souffert durant son adolescence. Elle ne connaissait que trop la douleur que provoque ce mélange de chagrin et de culpabilité. Tout espoir, tout bonheur est étouffé et définitivement anéanti.

— J'imagine à quel point ça a dû être dur pour toi. Mais tu m'as dit que désormais ta mère vivait à New York. Tu la vois ?

— De temps en temps, quand j'y vais pour mon travail. C'est… difficile, pour elle tout autant que pour moi.

— Moi, je ne trouve pas difficile d'être avec toi.

Les mots avaient jailli avant qu'elle ait pu les arrêter. En rougissant, elle se mordit la lèvre. Encore un peu et elle lui avouait qu'elle l'aimait, des mots qu'il ne voulait pas entendre. Car l'amour romantique ne faisait pas partie de leur contrat de six mois.

— Moi non plus, je ne trouve pas difficile d'être avec toi, dit-il d'une voix rauque qui lui donna envie d'être de nouveau dans ses bras.

— Tu projettes de me présenter à ta mère ? demanda-t-elle.

— J'ai peur que ce ne soit pas une réussite.

— Et si je le souhaite ?

— Pourquoi ? répliqua-t-il d'un air perplexe.

— J'ai perdu ma mère quand j'avais quinze ans et ça a laissé un énorme vide dans ma vie. Je ne peux même pas regarder un film ou une série où il est question d'une mère sans que ça me rappelle cette perte.

— Tu sais, ma relation avec ma mère n'a rien d'enviable, répondit Luca d'une voix triste.

— Au moins, elle est encore vivante.

Il poussa un lourd soupir.

— Écoute, je sais que tu aimerais m'aider, mais certaines situations familiales sont… irréversibles. On ne peut rien y changer.

— C'est justement ce que je pensais de ma terreur de quitter le *castello*. Ça m'a fait perdre des années de ma vie, parce que j'ai laissé mes angoisses me régenter au lieu de les maîtriser. Jamais je n'aurais espéré y parvenir, mais grâce à toi j'ai compris que j'en étais capable. Peut-être en est-il de même pour ta relation avec ta mère, et c'est pourquoi tu ne devrais pas renoncer. Votre famille a vécu une tragédie, mais elle existe toujours. Tu as encore ta mère et ton grand-père, contrairement à moi qui n'ai plus personne.

Luca lui prit la main et la porta à ses lèvres pour y poser un tendre baiser.

— Mais si. Moi, dit-il avec une douceur qui fit battre plus vite le cœur d'Artie.

Oui, mais pour six mois, pas plus. Et ensuite, elle serait seule de nouveau.

Peu après, la voiture franchit les grilles de la propriété de Luca et se gara devant une imposante villa de style médiéval, bâtie comme une forteresse : quatre niveaux, plusieurs tourelles, entourée d'un jardin paysager avec au centre une fontaine.

— Ne sois pas effrayée par cette façade sinistre, j'ai fait entièrement rénover l'intérieur.

— L'habit ne fait pas le moine, répondit Artie. Et puis, il y a des gens, autour. Ces derniers temps, je n'ai pas rencontré grand monde. Mais heureusement ça va changer.

— Je ne sais pas si j'ai tellement envie de te partager. Après tout, c'est notre lune de miel.

Artie sentit un frisson courir au creux de ses reins et lui adressa un sourire timide.

— Alors, nous allons être seuls ici ? Juste toi et moi ?

Il s'approcha et la prit par le cou pour l'embrasser.

— Oui. Juste toi et moi.

10.

Le lendemain, en se réveillant, Artie sentit le torse de Luca sous sa tête, et ses bras autour de son corps. Il lui caressait lentement le dos, puis sa main descendit plus bas sur ses fesses, faisant frémir chacun de ses nerfs, à fleur de peau. Le souvenir de la nuit qu'ils venaient de passer réveilla son désir. Se lasserait-elle jamais de sentir ses mains sur son corps ? Ses caresses, pourtant si douces, déclenchaient une véritable tempête dans sa chair la plus intime et un tumulte de sensations qui lui donnaient envie de se fondre en lui.

Il la fit rouler sur le dos et se hissa sur un coude pour la contempler, écartant quelques mèches folles de son visage, un sourire paresseux aux lèvres.

— Quelqu'un a dormi dans mon lit, dit-il d'une voix si sexy qu'elle en fut toute chavirée.

En souriant, elle lui effleura la joue.

— Je n'ai pas l'impression d'avoir beaucoup dormi. Ou alors, j'ai rêvé que tu me faisais l'amour, je ne sais même plus combien de fois.

— Trois, dit-il en posant le pouce sur sa bouche. Et j'aurais continué si je n'avais pas craint de te faire mal. Pour toi, tout ça est tellement nouveau que…

— C'est nouveau et c'est merveilleux, dit-elle en cherchant son regard. Je n'imaginais pas que ce serait si… si incroyable. C'est toujours comme ça ?

Luca soutint son regard avant de se baisser pour l'embrasser.

— Non. Ce n'est pas toujours aussi bon, reconnut-il en souriant.

— Vraiment ? Tu ne dis pas ça pour me faire plaisir ?

Sans la quitter des yeux, il posa un baiser au creux de sa paume.

— Non, je le dis parce que c'est vrai. Avec toi, tout est… différent.

— De quelle façon ?

— Je ne peux pas l'expliquer.

— À cause de mon manque d'expérience ? Toi qui as eu tant de maîtresses, tu dois le savoir.

Il la prit par le menton et la fixa.

— Je ne prétends pas avoir oublié soudainement mes anciennes relations, ce serait faux, mais avec toi j'ai l'impression de découvrir le sexe pour la première fois, de ressentir les choses plus intensément.

Artie lui caressa la nuque, consciente de l'érection qui se pressait contre son ventre.

— Je n'aurais pas pu souhaiter meilleur premier amant.

Il se pencha pour l'embrasser passionnément, et, comme leurs langues se mêlaient, elle perçut le désir poindre au creux de son ventre, tandis que sa chair aspirait à poursuivre ces préliminaires. Ses jambes se nouèrent à celles de Luca, ses seins se pressèrent contre son torse, leurs pointes durcies tels des bourgeons prêts à éclore.

Il lui prit un sein, et elle sentit sourdre entre ses cuisses une chaude humidité qui la fit gémir de plaisir. Elle était prête à l'accueillir en elle.

— Ne sois pas si impatiente, *cara*, dit-il avec un petit rire en enfilant un préservatif avant de revenir vers elle, les yeux luisants du même désir farouche que celui qui grondait dans son propre corps.

Elle lui prit le visage entre ses mains, haletante.

— J'ai tellement envie de toi que ça me fait mal.

— Moi aussi, j'ai terriblement envie de toi, dit-il en l'embrassant avec une fougue renouvelée.

Puis sa bouche descendit sur ses seins, sur son ventre, et jusqu'au cœur secret de sa féminité où il introduisit sa langue pour jouer avec sa chair la plus intime jusqu'à ce qu'elle crie et gémisse de plaisir. L'orgasme la submergea comme une énorme vague qui se retira lentement. Il entra alors en elle d'une seule poussée, lente et profonde. Le souffle court, le dos arqué, les jambes tremblantes, elle s'abandonna aux spasmes délicieux qui la secouaient. Il la prit par les hanches et continua son va-et-vient, plus profondément encore. Elle sentit son corps se tendre en un puissant crescendo, le sang s'accéléra dans ses veines, et elle souleva le bassin, impatiente.

— J'y suis presque…

— Détends-toi, *mia piccola*, dit-il en glissant une main entre eux pour caresser sa féminité.

Un feu d'artifice de sensations explosa dans tout son corps, lui coupant le souffle

Luca ne tarda pas à la suivre. Tout son corps sembla se raidir, puis il poussa un cri et se mit à trembler avant de se libérer enfin.

Artie lui caressa le dos sans oser bouger de crainte de rompre la magie de l'instant. Elle sentait dans leur union quelque chose de juste et de définitif, comme s'ils appartenaient l'un à l'autre à jamais.

Ou plutôt pour six mois, l'aurais-tu oublié ?

Soudain, le cœur d'Artie cessa de battre. Ce n'était pas assez. Il fallait que ça dure toujours. Qu'elle reste là, dans les bras de Luca, toute sa vie. Jamais elle ne pourrait supporter que leur relation se termine. Jamais elle ne pourrait aimer un autre homme que celui qui lui avait volé son cœur dès leur premier baiser. D'ailleurs, elle ne voulait pas en aimer un autre. Elle appartenait à Luca. Pour toujours.

Il avait dû sentir un changement subtil dans son humeur car il s'appuya sur son coude pour la regarder.

— Qu'est-ce qui ne va pas ? lança-t-il en écartant une mèche qui dissimulait son visage.

— Rien, répondit-elle en s'efforçant de sourire.

Il la contempla longuement avant de lui caresser doucement la joue.

— Je te connais assez maintenant pour savoir que « rien » signifie en général « quelque chose ». Parle-moi, *cara*. Dis-moi ce qui te chagrine.

Elle détourna le regard, le cœur serré. Comment se montrer honnête envers lui sans lui dévoiler le fond de sa pensée ? Peut-être mettrait-il fin à leur relation physique pour en revenir au mariage qu'il avait d'abord souhaité ?

— Je me demandais simplement si je retrouverais jamais un homme avec qui je m'entende aussi bien qu'avec toi. Je veux dire… quand ce sera fini entre nous.

Il y eut un long silence, et Luca cessa de la caresser avant de pousser un long soupir et de s'allonger sur le dos, un bras sur les yeux.

— Toi avec un autre homme ? Je n'ai guère envie d'y penser en ce moment, dit-il d'une voix rauque où elle perçut une nuance d'irritation.

— Peut-être, mais ça finira bien par arriver. Chacun reprendra sa vie, c'est toi-même qui l'as dit.

Il lui tourna le dos, s'assit sur le lit, penché en avant, comme pour mieux se contrôler, et demeura un long moment silencieux. Artie songea qu'elle était sans doute allée trop loin.

— Luca ? dit-elle en tendant le bras pour caresser ses épaules dont elle sentit l'extrême tension sous ses doigts. Qu'est-ce qui ne va pas ?

— Rien, répondit-il d'un ton sec, comme s'il voulait

couper court à cette conversation.Alors qu'elle laissait échapper un petit rire déçu, il se tourna vers elle.

— Touché ! dit-il en lui prenant la main qu'il porta à ses lèvres, les yeux rivés à ceux d'Artie. Parfois, quand je pense à la tournure qu'a prise notre relation, je me demande si j'ai encore toute ma tête. Mais je ne peux pas m'empêcher de te désirer.

Elle se pencha vers lui, la bouche au-dessus de la sienne.

— Désire-moi autant que tu veux, répliqua-t-elle avant de lui effleurer les lèvres. Après tout, il nous reste six mois.

Elle s'était efforcée de parler d'un ton léger, presque indifférent. Il soutint un instant son regard, puis posa les yeux sur sa bouche.

— Tu as raison, profitons-en ! acquiesça-t-il avant de l'embrasser.

Le lendemain soir, après qu'ils eurent rendu visite à *Nonno*, Luca emmena Artie dans un restaurant de San Gimignano qui offrait une vue magnifique sur les environs. Elle s'assit en face de lui à une table proche d'une fenêtre, à la fois nerveuse et excitée car c'était son premier repas au restaurant depuis des années. Elle avala une gorgée de vin blanc sec avant d'examiner le menu.

— Prends tout ton temps, lui dit Luca comme s'il devinait l'émotion qu'elle ressentait en cet instant.

Quand ils eurent passé commande, elle le regarda d'un air un peu confus.

— Je me demande si je vais encore savoir me servir correctement de mes couverts. Ça fait si longtemps que je n'ai pas mangé en public ! Heureusement qu'il n'y a pas trop de monde, ce soir.

Il tendit la main pour prendre la sienne qu'il pressa doucement.

— Je connais le propriétaire et je me suis assuré qu'il n'y aurait pas trop de clients. Je lui ai même demandé de nous réserver cette partie du restaurant.

— Vraiment ? Cela ne va pas lui faire perdre une partie de sa recette ?

— Ne t'inquiète pas, répondit-il avec un haussement d'épaules. Je l'ai généreusement dédommagé.

Elle le contempla d'un air pensif, touchée qu'il se soit donné tant de mal pour qu'elle se sente à l'aise.

— Dis donc, tu fais des folies !

Les doigts de Luca pressèrent de nouveau les siens.

— Tu comptes beaucoup plus pour moi que tu le penses, *cara*. Et pour mon grand-père aussi : ce matin, il avait déjà l'air d'aller mieux. Ça lui a fait un bien fou de te voir, et tout à l'heure il m'a même dit qu'il avait décidé de commencer une chimio pour traiter son cancer. C'est à toi que je dois ce changement d'attitude et je t'en remercie. Tu lui as redonné goût à la vie.

— J'en suis profondément heureuse et j'espère que ce traitement ne sera pas trop pénible. Il n'est plus tout jeune.

— Non, mais il est solide comme un roc. Tu sais, j'ai très peur de le perdre. C'est mon dernier lien avec mon père et mon frère. Bien sûr, il y a aussi ma mère.

En sentant tout l'amour qu'il portait à son grand-père, Artie reprit espoir : peut-être un jour pourrait-il l'aimer, elle, comme un homme aime une femme ?

— Ta mère a-t-elle récemment rendu visite à *Nonno* ?

Une ombre passa dans le regard de Luca.

— Ils se parlent au téléphone, de temps en temps. Mais ma mère ne veut pas revenir en Italie. Ce pays lui rappelle trop de mauvais souvenirs…

Il lui lâcha la main pour reprendre son verre de vin et fixa le liquide doré d'un regard absent. Artie posa la main sur son bras.

— J'imagine ce que vous avez dû ressentir tous les deux. Lorsque je suis revenue de l'hôpital après l'accident, j'avais l'impression de vivre un cauchemar et, une fois arrivée au *castello*, j'ai presque cru que j'allais retrouver ma mère, mais, bien sûr, elle n'était plus là et mon père n'était que l'ombre de lui-même. Complètement brisé. Je me suis fait de terribles reproches, comme tu t'en fais encore, sans doute.

Luca se pencha pour prendre ses deux mains dans les siennes.

— Toi et moi, nous avons tous deux vécu une horrible tragédie. Rien ne pourra jamais changer le passé, mais l'important, c'est de continuer à vivre.

Artie contempla leurs mains enlacées.

— Moi, grâce à toi, désormais, je réussis enfin à profiter de l'existence. Durant dix ans, je me suis sentie comme engourdie, sans réaliser à quel point je me laissais dominer par mon angoisse. Je l'ai laissée prendre possession de moi jusqu'à ce qu'elle m'emprisonne complètement. Mais tu m'as obligée à adopter un autre point de vue et à changer ma vision de l'avenir. Comment pourrai-je jamais assez te remercier ?

— Inutile de me remercier. Ce changement, tu ne le dois qu'à toi-même. Mais, quand je t'ai vue surgir à l'hôpital, j'ai été stupéfait et ravi. J'ai cru que je rêvais.

— J'étais pourtant très nerveuse, reconnut Artie. Mais le fait de savoir que tu serais là, au bout du voyage, m'a beaucoup soutenue. Tu es devenu le but à atteindre.

Luca lui lâcha les mains et sortit en souriant un écrin de sa poche.

— J'ai un cadeau pour toi, dit-il en le posant sur la table. Ouvre-le.

Artie appuya sur le fermoir et découvrit un superbe collier de diamants et de saphirs et les boucles d'oreilles assorties.

— Oh ! Luca, c'est magnifique ! Mais c'est le même

dessin que la bague de fiançailles de ta grand-mère ! Alors cette parure…

— Oui, elle appartenait à *Nonna*. J'ai tenu à te donner l'ensemble.

— Mais c'est un souvenir qui n'a pas de prix ! Pourquoi ?

— Tu ne crois pas que tu le mérites ?

Elle replaça la boucle d'oreille dans l'écrin et effleura du doigt la fine chaîne de sécurité du collier.

— Je… je me sens un peu gênée que tu te montres si généreux avec moi alors que nous n'allons rester mariés que six mois. J'ai… J'ai l'impression que dans notre arrangement, c'est moi qui suis la grande gagnante : je vais garder le *castello* et cette splendide parure. Mais toi, qu'est-ce que ça t'apportera ?

Il posa sur elle un regard qui la fit frémir.

— Le souvenir des excellents moments que nous aurons passés ensemble. Et, maintenant que mon grand-père a accepté le traitement, j'espère qu'il guérira vite.

— Et ça te suffit ?

— Que pourrais-je désirer de plus ? dit-il en détournant les yeux.

Moi. Moi pour toujours.

Elle n'osa pas prononcer ces mots, mais elle se demanda s'il ne les entendait pas dans le silence.

— Tu ne veux pas garder les bijoux de ta grand-mère au cas où tu changerais d'avis au sujet du mariage ?

— Ça ne risque pas d'arriver, dit-il en se rasseyant avant d'avaler une gorgée de vin. Je n'ai aucun projet de ce genre.

Ces mots la taraudèrent jusqu'à la fin du repas. Comment pouvait-il être si certain de ne jamais tomber amoureux ?

Et elle, comment pouvait-elle encore espérer qu'il finirait par tomber amoureux d'elle ?

11.

Une fois le dîner terminé, alors qu'ils rentraient en voiture, Luca passa devant un bar d'où s'échappaient les doux échos de chansons d'amour italiennes.

En voyant qu'Artie le regardait d'un air mélancolique, il s'arrêta devant la porte.

— Ça te dit d'entrer un moment ?

— Je n'ai pas écouté de musique depuis une éternité ! Et jamais je ne suis entrée dans un bar à vins.

— Viens, répondit-il en la prenant par le bras. On va danser !

Quelques minutes plus tard, elle était dans ses bras et ils dansaient un slow langoureux. Il sentait sa tête sur sa poitrine, ses cheveux lui effleuraient le menton, et son parfum fleuri flattait ses narines. Son corps évoluait en rythme avec le sien, comme s'ils dansaient ensemble depuis toujours et avec autant de naturel que quand ils faisaient l'amour. L'accord parfait.

L'accord parfait ? En es-tu bien sûr ?

Soudain, il trébucha et il dut serrer Artie contre lui de crainte de heurter une autre couple sur la minuscule piste de danse.

— Excuse-moi, dit-il, je me suis déconcentré.

À moins qu'il n'ait soudain perdu la tête à force d'envisager l'avenir avec elle ?

Un avenir qu'il ne pouvait pas lui offrir.

Quand il lui avait proposé ce mariage à durée déterminée, il avait d'emblée redouté de se lier pour si longtemps, mais maintenant cela lui semblait bien trop court. Il se défendait de penser à leur inévitable divorce et au moment où elle devrait sortir de sa vie. L'imaginer en compagnie d'un autre, en train de faire l'amour, le mettait au supplice. Il ne s'était jamais considéré comme jaloux, mais il en était complètement révulsé. Et si cet homme ne la traitait pas avec respect ? S'il ne se montrait pas patient devant ses problèmes ? S'il ne comprenait pas à quel point elle était aimante et sensible ?

Artie leva vers lui ses yeux lumineux et lui sourit.

— C'est merveilleux, j'espère qu'on pourra revenir passer une autre soirée ici.

Luca lui sourit en retour et se pencha pour l'embrasser.

— Rien ne pourrait me faire plus plaisir.

Les deux semaines suivantes passèrent comme l'éclair, et Artie eut l'impression de ne pas toucher terre : visites à l'hôpital où le grand-père de Luca semblait se remettre au mieux de son opération de la hanche, sorties dans la campagne environnante, pique-niques dans des paysages superbes. Luca lui fit visiter ses vignes et ses oliveraies en lui dévoilant les secrets que les fermiers se transmettaient de génération en génération. Le soir, il l'emmenait dîner dans des restaurants, étoilés ou pas, mais où la cuisine était toujours fabuleuse et l'ambiance romantique. Il la conduisit en ville et lui offrit une nouvelle garde-robe, toute une collection de maillots de bain et de la lingerie exquise.

Toutefois, rien ne plaisait plus à Artie que les soirées qu'ils passaient chez lui à bavarder dans le salon, à regarder un film ou à écouter de la musique, blottis l'un contre l'autre. Un aperçu de ce qu'aurait été leur vie s'ils étaient restés plus de six mois ensemble. Il était souvent pris par son travail, répondant au téléphone ou à des mails, mais elle le trouvait plus détendu qu'avant, plus souriant aussi. Peut-être parce que son grand-père allait mieux et semblait décidé à accepter son traitement ? Ou parce qu'elle lui avait fait prendre conscience qu'il y avait autre chose que le travail dans la vie ?

Un soir, ils étaient assis sur un canapé du salon, contemplant par la fenêtre le lever de la lune qui posait un reflet argenté sur la piscine ouverte sur les vignes. Artie était blottie contre la poitrine de Luca qui la tenait par l'épaule. Un appareil diffusait une musique douce : violoncelles, violons et quelques notes chantantes de flûte. Elle adorait cette ballade romantique.

— Luca ?

— Oui ? répondit-il en lui caressant tendrement les cheveux.

— Je voudrais te parler. C'est important.

— Eh bien ? dit-il en posant sur elle un regard plus sérieux.

Il y avait dans sa voix quelque chose de contraint et de méfiant, mais elle refusa de se laisser intimider.

— J'adore vivre avec toi, commença-t-elle, la gorge serrée. Tu m'as énormément gâtée et tu as fait preuve d'une patience et d'une gentillesse infinies, ce qui m'a beaucoup aidée à reprendre confiance en moi.

Il lui sourit, et son regard se fit moins circonspect.

— Je suis heureux que tu aies pu t'épanouir, *cara*. Tu es une belle personne, et cette beauté est restée trop longtemps cachée.

Artie lui caressa le visage, le cœur si gonflé d'amour qu'elle pouvait à peine respirer.

— Jamais je n'aurais cru rencontrer quelqu'un comme toi, et pas seulement parce que j'étais enfermée dans le *castello*. Mais je ne croyais pas qu'il existe un homme aussi merveilleux.

— Ne me prends surtout pas pour un héros que je ne suis pas, répondit-il d'une voix enrouée par l'émotion. Et ne confonds pas une alchimie exceptionnelle avec je ne sais quel autre sentiment.

Sa diction soudain hésitante trahissait sa peur de l'amour, mais Artie poursuivit malgré tout.

— Luca, je ne veux pas d'une relation limitée à six mois. Je veux davantage et je sais que toi aussi, tout au fond de toi.

Il la lâcha et se leva vivement pour mettre une distance entre eux.

— Tu te trompes, Artie. Moi, je ne veux rien de plus et je ne l'ai jamais voulu. Rappelle-toi les termes de notre accord.

Elle bondit du canapé et se planta en face de lui.

— Nous avons conclu un accord, mais nous ne l'avons pas respecté puisque nous avons une relation qui va bien au-delà, et c'est d'ailleurs ce qui m'intéresse. Je suis incapable de faire l'amour avec toi en mettant mes sentiments à l'écart. Ce sont eux qui me donnent envie de toi. La seule raison, c'est que… je t'aime.

Il poussa un long soupir et se pencha vers elle, les mains sur les hanches.

— Tu es jeune et inexpérimentée. Pour toi, la première personne avec qui tu as couché est forcément le grand amour de ta vie. Mais, crois-moi, tu te trompes.

Son visage s'était fermé.

Se tenir à l'écart ou faire face aux conséquences.

— Cette personne que j'aime, c'est bien toi, insista Artie, la gorge serrée par l'émotion. Depuis le moment où tu m'as embrassée, le jour de notre mariage. Il s'est produit quelque chose de magique…

— Est-ce que tu te rends compte de ce que tu dis ? interrompit-il d'une voix tranchante qui lui fit perdre contenance. Tu te crois peut-être dans un conte de fées, mais tu te trompes, Artie. Tu as fait de moi une sorte de héros romantique qui te convient en tout point. Mais tu manques terriblement d'expérience, et il faudrait que tu connaisses d'autres hommes avant de pouvoir en juger. Te lier à moi serait une erreur que tu risquerais de regretter tout le reste de ta vie.

Il s'écarta d'elle avant de continuer, sur un ton radouci.

— Mais restons-en là. Je ne veux pas te contrarier.

Artie ravala les larmes qui lui montaient aux yeux.

— Je suis déjà contrariée, puisque tu refuses d'accepter que je t'aime. Tu le nies, comme si j'ignorais ce que je ressens. Mais moi, je ne peux pas ignorer des sentiments qui m'accompagnent en permanence.

— Écoute-moi, *cara*. Tu es une des personnes les plus adorables que j'aie jamais connues. Tu as beaucoup à offrir, et je veux que tu sois heureuse, vraiment, mais moi, je ne peux pas te rendre heureuse. Je ne désire pas la même chose que toi.

Artie serra les lèvres pour les empêcher de trembler.

— Eh bien moi, je sais que tu le désires autant que moi, mais que tu as l'impression de ne pas le mériter. Je le comprends mieux que quiconque, moi qui ai éprouvé pendant dix ans la même culpabilité. C'était une véritable prison qui m'a empêchée de mener la vie que j'aurais voulue. Mais notre rencontre a tout changé, tu m'as libérée de la peur qui m'emprisonnait et tu m'as prouvé que je pouvais obtenir bien plus que je ne l'aurais cru possible, dit-elle en s'approchant pour poser la main sur son bras. Je sais que tu éprouves au fond de toi un sentiment profond, je le sens chaque fois que tu m'embrasses, que tu me fais l'amour…

Luca retira vivement son bras. Son regard se durcit.

— Avec le temps, tu comprendras qu'il s'agit d'une passade sans conséquence.

— Je n'ai pas besoin d'expérience pour savoir ce que je ressens. Ce sont mes sentiments et je n'ai aucun doute.

— Moi aussi, je sais ce que je ressens, et ça n'a rien à voir avec cet amour dont tu parles. Tu me plais et j'apprécie ta compagnie, c'est indéniable, mais notre relation est une parenthèse à laquelle nous avons décidé de mettre fin d'un commun accord.

Artie sentit son cœur se serrer douloureusement et resta un moment muette, incapable de parler. Comment avait-elle pu se tromper à ce point ? Elle était pourtant tellement convaincue qu'il éprouvait des sentiments à son égard qu'elle n'avait pas hésité à lui révéler les siens. Comment le lui faire comprendre et lui prouver qu'elle l'aimait ? À moins que ce ne soit inutile ? Comme tant d'autres femmes, se faisait-elle des illusions en pensant qu'il pourrait changer un jour ? Vain espoir de croire qu'avec le temps un homme au caractère difficile puisse se transformer en prince charmant…

Et si Luca ne pouvait pas changer ?

— Luca, j'ai pris un risque énorme en quittant le *castello* pour toi. Pourquoi, toi, refuses-tu de prendre le risque de t'autoriser à éprouver ce que tu ressens au fond de ton cœur ? Je sais qu'on peut avoir peur de reconnaître qu'on tient à quelqu'un, et que tu n'as aucune envie de te dévoiler, mais il y a quelque chose qui nous lie, quelque chose d'exceptionnel, tu ne peux le nier. Nous avons beaucoup en commun et nous nous entendons à merveille.

— Arrête, Artie, cette discussion ne nous mènera à rien. Tu voudrais me transformer en quelqu'un que je ne pourrai jamais devenir.

Désespérée, Artie baissa la tête, tentant de surmonter la déception qui l'accablait.

— Si tu ne lâches pas prise, jamais tu ne pourras sortir de la prison de ton passé. Si tu ne t'autorises pas à exprimer les sentiments que tu refoules. Moi, j'ai réussi à lâcher prise et je t'ai ouvert mon cœur. Si tu ne le fais pas pour moi, inutile de poursuivre une relation à sens unique.

— Notre relation n'est pas à sens unique ! Chacun de nous a obtenu ce qu'il souhaitait. En fin de compte, tu garderas le *castello*, et *Nonno* acceptera sa chimio. Gagnant-gagnant.

— Non ! C'est perdant-perdant, même si tu ne t'en rends pas compte. Pour moi, l'amour compte mille fois plus qu'un vieux bâtiment en ruine. Et toi, comment expliqueras-tu notre séparation à ton grand-père ?

— La fin d'un mariage est un épisode très banal, et comme il aura terminé son traitement, ça n'aura plus d'importance, répondit-il sans manifester la moindre émotion.

Artie se passa la main sur le visage, s'efforçant de garder son calme malgré le doute qui sapait ses certitudes. Elle ne méritait pas son amour car elle n'était pas assez bien pour lui, il ne l'aimait pas et il ne l'aimerait jamais. Il ne l'avait épousée que pour se servir d'elle, et elle avait été assez stupide pour tomber amoureuse et croire qu'il pouvait éprouver à son égard davantage que de l'intérêt et de l'affection.

L'angoisse la guettait, tapie dans l'ombre.

Tu es incapable de t'en sortir seule. Alors, reste avec lui et souffre en silence.

Elle frémit, au bord de la nausée.

Si tu le quittes maintenant, tu perdras le castello.

Mais à quoi bon, si c'était pour s'enfermer dans une autre prison ? Rester avec Luca durant les mois à venir dans un mariage sans amour sonnerait le glas de ses espoirs et de ses rêves, et la priverait à jamais de s'accomplir et d'aimer.

Désormais, plus question de redevenir la créature apeurée qu'elle avait été. Il fallait qu'elle avance avec le courage et la force que Luca lui avait insufflés. Il l'avait éveillée à ce qu'elle attendait de la vie et elle ne pouvait plus revenir en arrière et faire taire ses désirs.

Elle se redressa et le fixa d'un regard froid, le cœur serré.

— Inutile d'attendre encore six mois, cela ne ferait que me rendre la tâche plus difficile encore. Mieux vaut que je parte tout de suite.

— Maintenant ? Mais tu es folle ! s'écria-t-il en serrant les poings. Tu ne peux pas partir. Nous avons passé un accord. Si tu pars maintenant, tu perdras tout.

— Je ne peux pas rester avec toi si tu ne m'aimes pas, sous peine de me mépriser moi-même pour ma lâcheté, de me convaincre que je ne vaux rien, que je fais moi-même mon propre malheur et celui des gens auxquels je tiens. Il faut que je laisse derrière moi cette partie de ma vie et que je me comporte en adulte.

Il se passa une main dans les cheveux en jurant tout bas.

— Je ne peux pas t'empêcher de partir, mais ce ne sera pas sans conséquence, je t'en avertis. Je ne suis pas prêt à renoncer à une propriété aussi prometteuse que le *Castello Mireille* uniquement parce que tu veux revenir sur notre accord. Je la garderai, je la transformerai en hôtel, et ensuite, je la revendrai.

Ses yeux lançaient des éclairs, et sa colère était si palpable qu'elle semblait crépiter dans l'air.

Artie serra les dents pour juguler sa propre colère.

— Fais ce que tu veux, Luca. Tu ne me trouveras plus sur ta route et j'espère bien ne jamais plus te croiser sur la mienne, dit-elle en se dirigeant vers le meuble où elle avait posé son téléphone. Je vais appeler Rosa pour qu'elle vienne me chercher.

— Ne sois pas ridicule, ça risque de lui prendre des heures.

Elle le fixa, son téléphone à la main.

— Tu accepterais de me ramener ?

— Tu plaisantes ? Je vais faire appel à un chauffeur, dit-il en prenant son propre téléphone avant de sélectionner un numéro dans la liste de ses contacts.

Artie lui tourna le dos tandis qu'il joignait un de ses

employés et lui demandait de passer la chercher pour la conduire en Ombrie. Rien dans sa voix ne trahissait le moindre regret de la voir partir. Il était furieux, certes, mais pas bouleversé, en tout cas pas autant qu'elle. D'ailleurs comment aurait-il pu l'être ? Il ne l'aimait pas ! Ses projets étaient modifiés, mais son cœur n'en souffrait pas.

Il remit le téléphone dans sa poche et la contempla d'un air impassible.

— C'est fait. Emilio sera là dans dix minutes.

Artie s'humecta les lèvres. Était-il vraiment possible qu'il la laisse partir sans tenter de la retenir ? Cela ne faisait que renforcer sa décision de le quitter sur-le-champ, avant de s'investir plus encore dans cette relation.

— Merci, je vais aller faire mes bagages.

Elle se dirigea vers la porte, mais ralentit le pas, dans l'espoir fou qu'il allait l'arrêter. Un pas. Deux. Trois. Quatre…

— Artie…

Son cœur bondit dans sa poitrine. Aurait-il changé d'avis ? Allait-il la supplier de revenir sur sa décision ?

Oui, supplie-moi de rester. Dis-moi que tu m'aimes.

— Oui ?

Son visage était comme un masque, mais sa pomme d'Adam montait et descendait dans sa gorge.

— Prends soin de toi, dit-il d'une voix enrouée.

Elle sentit soudain une douleur dans sa poitrine, comme si elle étouffait, et ravala les larmes qui lui montaient aux yeux. Pas question de pleurer ! Au contraire, elle devait se montrer calme et détachée. Leur contrat était rompu, et elle passait à autre chose. Un point c'est tout.

— Toi aussi, prends soin de toi. Et merci… pour tout.

Elle ôta de son doigt son alliance et sa bague de fiançailles, et les lui tendit.

— Je te les rends. Tu trouveras la parure en haut sur la coiffeuse.

— Garde-les, s'il te plaît.

— Mais ce sont des bijoux de famille !

— Je t'ai dit de les garder, murmura-t-il entre ses dents en fronçant les sourcils.

Artie posa les bagues sur une console avant de sortir de la pièce et de refermer doucement la porte derrière elle.

12.

En voyant disparaître la voiture qui emmenait Artie, Luca poussa un lourd soupir. Qu'est-ce qu'elle attendait donc ? Qu'il la supplie de rester ? Dès le départ, il avait clairement défini les clauses du contrat et les obligations auxquelles il devrait se plier.

Mais tu as faussé la donne. En couchant avec elle.

Artie était si jeune et si inexpérimentée ! songea-t-il, écœuré par son propre comportement. Au lieu de se montrer raisonnable, il avait aggravé la situation. Il l'avait laissée se griser de fantasmes romantiques le concernant, sans tenter de l'en empêcher. Même s'il était certain de ne pas être à la hauteur de ses attentes. Car il l'avait désirée dès qu'il l'avait vue et peut-être même avant.

Elle était aussi lumineuse qu'il était sombre, aussi confiante qu'il était cynique. Elle s'abandonnait à ses sentiments, lui, il prétendait ne pas en avoir ou, plutôt, il refusait de les reconnaître. Les sentiments, ce n'était pas sa tasse de thé. C'était une langue qu'il ne parlait pas et qu'il n'avait aucune envie d'apprendre.

Il prit les bagues posées sur la console sans les regarder, puis les reposa avant de s'éloigner en jurant à mi-voix.

Il n'allait pas se lancer à sa poursuite. Pas question. Jadis, il l'aurait suivie dans l'escalier et, avant même qu'elle ait fait sa valise, il se serait mis à genoux devant elle pour la supplier de rester.

Il n'était plus un ado énamouré, mais un adulte capable de maîtriser ses réactions et d'envisager ses actes de façon rationnelle et prudente. Capable de peser soigneusement le pour et le contre, et d'agir en conséquence… Sauf quand il avait été question de faire l'amour avec elle. Mais, même si cela lui avait paru imprudent, il n'avait pas pu s'en empêcher. Et non seulement il l'avait fait, mais il en avait joui durant chaque seconde car il éprouvait pour Artie des sentiments qu'il n'avait jamais encore ressentis pour personne d'autre.

Oui, il se sentait différent. Quelque chose avait changé en lui, et il n'était pas certain de pouvoir revenir en arrière. Mais il était bien décidé à essayer.

De retour au *Castello Mireille*, Artie passa le premier mois à attendre que le téléphone sonne. La voix de Luca lui manquait, autant que ses caresses et ses étreintes. Privée du contact de son corps contre le sien et de ses baisers passionnés, elle souffrait d'un réel syndrome de sevrage. La nuit surtout, quand elle sentait le lit vide et froid, à côté d'elle.

Elle comprit alors que c'est ce que son père avait subi après l'accident. Sa femme lui avait cruellement manqué.

La perte de Luca était comme une mort pour elle. Il était définitivement sorti de sa vie, et jamais elle ne pourrait le retrouver, à moins de se mettre elle-même en danger, comme elle l'avait fait durant les dix dernières années en renonçant à profiter de l'existence, accablée par la culpabilité.

Mais elle n'était plus une jeune fille traumatisée. Elle s'était réveillée à l'avenir et à ses désirs, et n'avait plus peur de faire des projets, même si elle avait le cœur brisé. Luca était le mari idéal mais, s'il ne l'aimait pas, comment aurait-elle pu être pleinement heureuse ?

Ce matin-là, elle était en train de coudre une robe de baptême pour un bébé du village, attendant que Rosa lui apporte une tasse de thé. Elle éprouvait une certaine tristesse à confectionner des vêtements d'enfant car elle était presque convaincue de ne jamais en avoir elle-même. Luca n'était-il pas le seul homme avec qui elle aurait pu l'envisager ? Le seul homme qu'elle aimerait jamais ? Tout en cousant, elle se demanda ce qu'il faisait en ce moment. Il travaillait, sans doute. À moins qu'il ne soit allé rendre visite à son grand-père. Ou qu'il n'ait pris une autre maîtresse pour la remplacer… À la pensée qu'il fasse l'amour avec une autre, elle sentit son cœur se serrer et se concentra sur sa broderie au lieu de se torturer ainsi. Depuis qu'elle était rentrée chez elle, elle avait décidé de mettre toute son énergie dans son travail, et elle s'était même créé un site et une page sur un réseau social pour transformer ce hobby en un véritable gagne-pain. Les commandes étaient arrivées si rapidement qu'elle avait du mal à répondre à la demande. Ainsi, elle avait réussi à moins penser à Luca et à leur rupture.

Rosa entra et mit un plateau sur la table. Puis elle s'assit près d'elle et prit une tasse de thé.

— J'aimerais partir quelques jours en vacances, dit-elle. Je sais que compte tenu de ce qui s'est passé entre Luca et toi, ce n'est pas la bonne période mais, maintenant que tu es plus indépendante, il est temps que j'aille voir un peu ce qui se passe à l'extérieur.

Artie enveloppa dans une mousseline la robe de baptême et la posa sur la table.

— Rosa, je suis désolée qu'à cause de moi tu aies été clouée ici pendant si longtemps. Ne te fais aucun souci pour moi : cette semaine, je suis allée plusieurs fois toute seule au village et j'y ai même pris un café. Je ne dis pas que ça a été facile, mais je l'ai fait et je m'en suis trouvée très bien.

— Je serais contente de te voir progresser encore, répondit

Rosa en soupirant. Pendant que tu étais chez Luca, j'ai compris que je t'avais peut-être bloquée ici. Comprends-moi bien, j'ai toujours voulu t'aider, mais au fond mes raisons n'étaient peut-être pas aussi altruistes que tu le crois.

— Que veux-tu dire ?

— Quand ce chagrin d'amour m'a brisé le cœur, il y a bien des années, je me suis enfermée ici au service de ta famille, sans doute par peur de souffrir à nouveau. Peut-être est-ce moi qui t'ai empêchée de prendre ton envol en te protégeant ainsi ?

— Mais pas du tout ! Je me suis bloquée moi-même, mais maintenant j'ai pris un nouveau départ. Jamais je ne te remercierai assez de t'être trouvée là quand j'avais besoin de toi.

— Tu as des nouvelles de Luca ? s'enquit Rosa d'un air inquiet.

— Non…

— Et toi, tu l'as appelé ou tu as repris contact ?

Artie se pencha pour prendre une tasse de thé.

— À quoi bon ? Je lui ai avoué mes sentiments qu'il ne partage pas, et c'est tout. Il faut que j'envisage l'avenir. Sans lui.

Rosa se mit à triturer l'ourlet de sa robe.

— Que feras-tu s'il décide de vendre le *castello* ?

— Je trouverai un autre endroit pour vivre. De toute façon, cette maison est trop grande. Ce n'est pas pratique, répondit Artie avec un haussement d'épaules. Je garderai toujours un souvenir merveilleux de la vie que j'ai menée ici avec maman et papa avant l'accident, mais c'est le bon moment pour passer à autre chose. Quelqu'un d'autre viendra vivre ici et y engrangera des souvenirs.

Rosa se mit à lisser les plis de sa robe.

— Ces vacances dont je t'ai parlé… Je vais partir… avec un ami.

Le ton embarrassé de l'intendante piqua la curiosité d'Artie. Elle reposa sa tasse sur la table.

— Qui est donc cet ami ?

Deux taches roses apparurent sur les joues de Rosa.

— Tu te rappelles que je t'avais raconté que l'amour de ma vie m'avait quittée ? Eh bien, Sergio et moi, on s'est revus pendant que tu étais chez Luca. Depuis, nous avons repris le fil de notre histoire et il m'a demandé de partir en vacances quelques jours avec lui. Mais si ça t'embête je resterai ici.

Artie se pencha pour serrer Rosa dans ses bras.

— Je suis tellement contente pour toi ! Rosa, j'aurai toujours besoin de toi, mais comme amie, plus comme baby-sitter !

— Tu ne me trouves pas trop vieille pour m'engager avec un homme ?

— Pas si tu es amoureuse et lui aussi.

Si seulement je pouvais avoir la même chance que toi !

Luca différa le plus longtemps possible le moment d'annoncer à son grand-père le départ d'Artie. Il ne se sentait pas capable de lui dire : « Elle m'a quitté. » Mais, quand *Nonno* sortit de l'hôpital pour entrer dans un centre de cancérologie, il dut bien lui expliquer pourquoi elle n'était pas avec lui. « Elle m'a quitté. » Ces quatre mots étaient comme des coups de poignard dans sa poitrine, des blessures profondes et saignantes.

En entendant cette nouvelle, *Nonno* manifesta une détresse presque aussi grande que la sienne.

— Mais pourquoi ? Vous alliez si bien ensemble ! Pourquoi ne lui as-tu pas couru après pour la ramener ?

— *Nonno*, on n'est plus à l'âge de pierre, et un homme

ne ramène pas une femme de force dans sa caverne ! Je ne peux pas l'obliger à rester si elle a choisi de partir.

— Si tu l'aimais comme j'aimais ta grand-mère, tu ferais tout ce qui est en ton pouvoir pour la récupérer. Rien ne peut arrêter un homme amoureux.

Il y eut un long silence.

— Si nous parlions d'autre chose ? As-tu besoin de quoi que ce soit ?

Nonno fit non de la tête et ferma les yeux.

— Non. J'ai seulement envie de dormir.

Luca s'approcha pour poser la main sur le bras parcheminé de son grand-père.

— Je reviendrai te voir demain.

Il allait sortir de l'hôpital quand son téléphone sonna. C'était sa mère… Son cœur se serra, en proie à une angoisse qu'il connaissait bien, mais au lieu de laisser sonner et d'attendre le message, comme il le faisait souvent, il décrocha.

— Maman ?

— Luca, comment va *Nonno* ? J'ai essayé de le joindre, mais il a dû éteindre son téléphone. Son aide-soignante m'a appelée pour m'annoncer qu'il était tombé il y a quelques jours. Et elle m'a dit également que tu t'étais marié. C'est vrai ? Pourquoi ne m'as-tu pas invitée à ton mariage ?

— *Nonno* va bien, répondit Luca, taraudé par la culpabilité. Quant à mon mariage, c'est une longue histoire, mais j'ai le regret de t'annoncer qu'elle ne se termine pas bien.

— Oh ! Luca, s'écria sa mère avant de pousser un soupir qui lui serra le cœur davantage encore. Je n'arrive pas à comprendre pourquoi tu n'as pas voulu que je sois à tes côtés en cette journée, si importante pour toi.

Luca s'éclaircit la gorge et s'écarta de l'allée réservée aux visiteurs.

— Le problème, ce n'est pas toi, c'est moi. Ça l'a toujours été.

— Tu es trop dur avec toi-même. C'est étrange comme tu ressembles à ton père. C'est d'ailleurs pour cette raison que ça m'a été trop difficile de continuer à vivre près de toi quand tu es devenu un homme. Je ne pouvais plus te regarder sans le voir, et cela me rappelait ma responsabilité dans cette tragédie.

— Ta responsabilité ? s'étonna Luca en fronçant les sourcils. Que veux-tu dire ? C'est moi qui ai voulu surfer ce jour-là. Toi, tu n'étais même pas sur la plage !

— Justement, dit-elle d'une voix rauque, je n'y étais pas. Au lieu de passer l'après-midi en famille, comme l'aurait voulu ton père, j'étais allée faire des courses. Si tu savais à quel point je le regrette ! Cela fait des années que ça me torture. Si j'avais été avec vous, j'aurais pu appeler à l'aide au lieu de te laisser te débrouiller tout seul. Je ne peux pas supporter l'idée que tu aies dû courir sur cette plage déserte pour essayer de trouver de l'aide, alors que tu venais juste d'échapper à la noyade ! Depuis, chaque fois que je te regarde, continua-t-elle en sanglotant, je revois ce gamin traumatisé et terrifié, et je me reproche tellement de vous avoir laissés tomber ce jour-là, ton papa, Angelo et toi…

Luca ravala les larmes qui lui montaient aux yeux et la boule qu'il avait dans la gorge.

— Maman, ne pleure pas, je t'en prie. Et ne te fais pas de reproches. Excuse-moi de ne pas t'avoir appelée et de t'avoir laissée souffrir sans chercher à t'aider. J'ai été trop égoïste.

— Mais non, protesta sa mère, au contraire, tu es si généreux ! Exactement comme ton père. Vous avez toujours travaillé dur pour tenter de rendre le monde meilleur qu'il n'est. Mais dis-moi, ton mariage ? Que s'est-il passé ? Ça me brise le cœur de penser que tu n'as pas trouvé l'amour de ta vie. Les années que j'ai passées avec ton père ont été un tel bonheur pour moi. C'est ce qui m'a soutenue depuis : je vis sur ce souvenir.

Luca étouffa un soupir.

— Je préfère ne pas en parler pour le moment, mais la prochaine fois que je viendrai à New York, si tu veux bien, nous dînerons ensemble et je te raconterai.

— Ça me fera très plaisir, dit-elle d'une voix encore enrouée par l'émotion. Transmets à *Nonno* mes meilleurs vœux de guérison.

— Je n'y manquerai pas, dit Luca.

Les deux semaines suivantes, Luca s'efforça de ne pas penser à Artie, et il y réussit la plupart du temps. Il effaça le souvenir de son sourire, de son corps et de ses baisers en s'étourdissant de travail au point qu'en fin de journée il se sentait complètement épuisé. Alors qu'il aurait dû s'endormir dès qu'il posait la tête sur l'oreiller, c'est à ce moment-là que la torture devenait plus insupportable encore. Pendant la journée, il arrivait à combler l'impression de vide qu'il éprouvait, mais durant la nuit elle le tourmentait de plus belle. Il se tournait et se retournait, se relevait pour faire les cent pas en jurant, massacrait son oreiller, détournant résolument la tête de la place vide qu'avait laissée Artie dans son lit. Il faisait son possible pour ignorer la trace de son parfum qui flottait encore dans l'air de la villa, comme pour le narguer, et la douleur qui lui déchirait le cœur.

Elle t'a quitté. Ou, plutôt, tu l'as laissée partir.

Évidemment, il l'avait laissée partir puisque c'était la seule chose à faire. Elle voulait davantage qu'il n'était capable de lui donner, alors mieux valait lui rendre sa liberté.

Sauf que toi, tu n'es pas libre.

Ces derniers temps, des souvenirs revenaient le hanter sans cesse. Non, il n'était pas libre et – plus inquiétant encore – il n'avait pas envie d'être libre. Il avait envie de se sentir lié, enchaîné à Artie, parce que quand il était avec elle il avait l'impression d'être un être humain, en pleine possession de ses moyens. Il éprouvait des sentiments inédits et dont il ne se serait pas cru capable. Des sentiments terrifiants parce qu'ils le rendaient vulnérable, ce qu'il avait toujours évité au cours de sa vie d'adulte.

Mais, depuis sa conversation avec sa mère, il percevait de timides frémissements de vie au creux de sa poitrine, comme des traces infimes de battements de cœur sur un électrocardiogramme plat. Un désir qu'il avait nié si longtemps qu'il s'était cru à jamais incapable de le ressentir.

Le désir d'aimer et d'être aimé.

Trois mots avaient jailli dans sa tête comme un flash aveuglant.

Tu aimes Artie.

Il les laissa s'attarder un petit moment et, pour une fois, il ne s'empressa pas de les bloquer.

Tu l'aimes.

— Je l'aime, murmura-t-il.

Je l'aime.

Comme mû par une force indépendante de sa volonté, il prit la clé de sa voiture et, sur sa table de chevet, l'alliance et la bague de fiançailles qu'il y avait posées pour mieux se torturer. Mais, maintenant, c'est au doigt d'Artie qu'il voulait les voir, là où elles devaient être. *Nonno* avait raison : son amour pour elle était une force inébranlable et rien ne pourrait l'empêcher de la ramener chez lui.

Artie entendit une voiture franchir les grilles du *castello*, et son cœur cessa soudain de battre. Elle se précipita à la fenêtre du salon et vit la silhouette athlétique de Luca émerger de sa voiture. Son pouls s'accéléra, son cœur se remit à battre très vite, et tout son corps frémit.

Il est venu…

Aussi calmement qu'elle le put, elle se dirigea vers la porte en tentant de se composer un visage poli. Après tout, elle n'avait pas grand-chose à espérer car, durant tout le mois passé, jamais il n'avait même essayé de la contacter.

— Luca ? Qu'est-ce qui t'amène ici ? dit-elle sur un ton impersonnel dont elle se sentit fière en dépit de la tempête qui grondait dans sa poitrine.

— Ce qui m'amène ici, c'est toi, *cara*, répondit-il en pénétrant dans le hall avant de refermer la porte derrière lui. Toi, et toi seule.

Il lui fit face, les bras le long du corps, le visage grave. Ses yeux étaient marqués par la fatigue, et il ne s'était pas rasé depuis deux jours.

— Il faut que je te parle.

Artie recula d'un pas, les bras croisés et releva le menton.

— Pour me dire quoi ?

Il lui décroisa les bras et prit ses mains dans les siennes.

— Je me suis comporté comme un imbécile et j'ai mis presque un mois entier à comprendre ce qui se passait, dit-il. Je t'aime, *mia piccola*, Je t'aime tellement que ça me rend malade. Je ne peux pas comprendre pourquoi je t'ai laissée partir. Pourras-tu jamais me pardonner ?

Elle fut surprise de voir qu'il avait du mal à ravaler ses larmes.

— J'ai commis la terrible erreur de ne pas te le dire plus tôt, mais quand je l'ai compris il était trop tard…

Il l'attira à lui.

— Mais toi, dis-moi qu'il n'est pas trop tard ! Je t'aime et je veux passer le reste de ma vie avec toi. Accepte, je t'en prie ! Accepte de revenir et donne-moi encore une chance de te prouver que je t'adore !

Artie leva la main pour caresser sa barbe naissante.

— Jamais je n'aurais imaginé t'entendre prononcer ces mots, murmura-t-elle. J'avais perdu tout espoir.

Il la serra plus étroitement contre lui.

— Je t'en prie, ne me rappelle pas à quel point j'ai été stupide, jamais je ne pourrai me le pardonner. J'étais dans un tel déni que je ne pouvais même pas lire ton nom sur mon téléphone. Ça me faisait trop mal.

Artie leva la tête et lui sourit.

— Tout ce qui compte, c'est que tu sois là, maintenant. Tu m'as tellement manqué ! Sans toi, je me sentais à peine vivante.

Il lui prit le visage entre ses mains.

— Tu as tout pour être la femme de ma vie. Nous sommes complémentaires, et tu sauras faire de moi un homme meilleur que je ne le suis. Je ne saurais pas trouver les mots qui expriment tout ce que tu représentes pour moi.

— Moi aussi je t'aime plus que je ne saurais le dire.

Quand Luca posa sa bouche sur la sienne, elle sentit en elle une explosion de bonheur. Il était là, il l'aimait et il voulait passer le reste de sa vie avec elle ! Tout cela, son baiser l'exprimait, un baiser tendre, fervent et passionné. Même le calme battement de son cœur sous sa paume semblait lui répéter : je t'aime, je t'aime, je t'aime.

Au bout d'un long moment, Luca releva la tête et sortit quelque chose de sa poche. L'alliance et la bague de fiançailles qu'elle lui avait laissées !

— Je crois qu'il est temps de les remettre à leur place, tu ne crois pas ? murmura-t-il.

— Oui, acquiesça-t-elle en tendant la main pour qu'il les lui passe à nouveau au doigt. Jamais plus je ne les quitterai.

— J'aimerais que tu fasses la connaissance de ma mère. Veux-tu m'accompagner à New York le plus tôt possible ? proposa-t-il en souriant.

Artie lui jeta un regard étonné et ravi.

— Tu lui as parlé de nous ?

— Oui, nous avons eu une longue discussion, répondit-il,

rayonnant de joie. J'ai réalisé à quel point je me suis aveuglé durant toutes ces années et comme j'ai mal interprété sa conduite, d'une façon complètement erronée. Mais tu m'as fait découvrir tant de choses sur moi-même, *cara*, que je ne t'en remercierai jamais assez. J'espère que sa présence ne te pèsera pas trop...

— Mais pas du tout ! Au contraire, je suis très impatiente de la connaître.

Artie leva le visage vers lui, le cœur débordant d'amour. Sa vie morne et triste s'était transformée en un vrai conte de fées. Elle s'était libérée de la prison qu'elle s'imposait, et Luca, l'homme de ses rêves, son prince charmant, venait de lui déclarer qu'elle était l'amour de sa vie !

Il baissa la tête et la considéra, les yeux pleins d'une infinie tendresse.

— M'accompagneras-tu pour une lune de miel quand nous aurons rendu visite à ma mère ?

— Je l'espère bien !

Il lui effleura la joue du bout du doigt.

— De toute façon, jamais je n'aurais vendu le *Castello Mireille*.

En souriant, Artie se blottit dans ses bras.

— Je crois qu'au fond de moi je le savais, dit-elle avant de reculer pour le regarder. Mais désormais je n'ai plus besoin du *castello*. C'est de toi que j'ai besoin, et peu m'importe où je vivrai, du moment que c'est avec toi.

— J'ai passé la plus grande part de ma vie à fuir le véritable amour, parce que quand on aime quelqu'un, penser qu'on pourrait le perdre est trop douloureux. Et quand je t'ai connue, j'ai préféré nier mes sentiments. Mais tu m'as éveillé au désir que je refoulais au plus profond de moi-même : le désir d'aimer et d'être aimé de la façon la plus intime qui soit. Quelle chance j'ai eue de te rencontrer !

Artie posa sur sa bouche un tendre baiser.

— C'est moi qui ai eu beaucoup de chance de te rencontrer. Sans toi, jamais je n'aurais connu tous les bonheurs que la vie peut nous offrir.

Luca lui sourit, les yeux étincelants.

— Je sais que c'est encore un peu tôt, mais nous pourrions peut-être songer à ces *bambini* dont *Nonno* nous rebat les oreilles ?

— Vraiment ? s'écria-t-elle, folle de joie. Tu as envie d'avoir des enfants ?

— Pourquoi pas ? dit-il en l'embrassant sur le bout du nez. Fonder une famille avec toi sera une merveilleuse expérience, et tu seras la meilleure mère du monde.

— Et toi, un papa formidable. J'ai hâte de tenir notre bébé dans mes bras. Avant de te rencontrer, jamais je n'avais même pensé à fonder une famille. Je ne m'y autorisais pas, mais aujourd'hui ce rêve va devenir une réalité.

Luca baissa la tête et la contempla, les yeux débordants d'amour.

— Merci d'être ce que tu es. Une femme adorable, tendre, merveilleuse…

— Alors, tu ne me trouves plus trop naïve et trop innocente pour toi ?

— Pour moi, tu es parfaite, dit-il avant de l'embrasser avec passion. Quant à ton innocence, je ne vais pas tarder à m'en occuper.

Elle éclata de rire en nouant les bras autour de son cou.

— Tout le plaisir sera pour moi !

Retrouvez prochainement,
dans votre collection

AZUR

L'enfant de Rio Bardales, de Kim Lawrence - N°4312

« C'est ma fille. » Les mots de Rio Bardales font frémir Gwen. Car, jusqu'ici, le redoutable milliardaire ignorait qu'il était père. Certes, lors de leur rencontre trois ans plus tôt, il s'était montré parfaitement clair : leur liaison serait nécessairement éphémère – et elle l'avait été. Mais aujourd'hui tout a changé : Rio s'est découvert une enfant et la revendique comme son héritière. Pire, alors qu'il n'éprouve aucun sentiment pour Gwen, il exige qu'elle devienne son épouse !

Le secret d'un homme d'affaires, de Cathy Williams - N°4313

Secrétaire particulière du très exigeant Matt Falconer, Violet a l'habitude de faire face à toutes sortes de situation, pour les régler avec son efficacité légendaire. Or, aujourd'hui que son patron se tient devant sa porte, elle se sent désarmée, impuissante. Car elle attend un enfant de lui ! Parce que tous deux se sont égarés au cours d'une nuit aussi folle que passionnée, Violet doit-elle accepter le mariage de convenance que lui propose Matt, alors qu'il n'a jamais été question d'amour entre eux ?

Sombres noces italiennes, de Caitlin Crews - N°4314

Elle doit l'épouser. Peut-elle choisir de l'aimer ? Pour l'innocente Angelina, un mariage avec Benedetto Franceschi devrait être terrifiant. L'énigmatique homme d'affaires italien n'a-t-il pas vu disparaître ses six précédentes compagnes dans des circonstances mystérieuses et inquiétantes ? Pourtant Angelina n'a pas peur, si ce n'est des sentiments intenses que son fiancé fait naître en elle. Auprès de lui, dans son château bâti sur une île isolée, elle se découvre une autre femme, pleine de désir…

La promise piégée, de Pippa Roscoe - N°4315

Ella est aussi innocente que Roman est sombre. Et leur rencontre dans un bois dense n'est en rien le fruit du hasard… Au contraire, c'est la vengeance chevillée au cœur que Roman aborde la jeune femme pour la séduire. Comme il l'avait envisagé, quelques beaux discours et des baisers tendres suffisent à convaincre Ella qu'il est digne de confiance. Mieux encore, l'homme idéal. Piégée par l'amour, la douce sera bientôt son épouse, et il sera temps alors, pour Roman, de lui révéler sa vraie nature…

Un contrat devant l'autel, de Chantelle Shaw - N°4316

Rien ne se passe comme prévu, pour Leah. Fiancée au gentil James, la voilà soudain seule devant l'autel… et contrainte d'épouser le sulfureux Marco De Valle. Cet homme sombre, et dont la cicatrice au visage rehausse la virilité, lui inspire un désir coupable. Car, entre eux, il ne s'agira que d'une union de convenance, permettant à Leah de toucher son héritage et à Marco d'offrir une figure maternelle à son fils, Nicky. Mais, à mesure que les époux se rapprochent, la tentation devient forte de donner à leur mariage une tournure sensuelle…

Cette nuit avec un prince, de Lynne Graham - N°4317

Un dernier péché avant de subir la pénitence d'un mariage… Contraint de prendre femme pour donner à son peuple l'héritier qu'il attend, Rafiq al-Rahman, prince du Zenara, décide de s'offrir quelques heures de liberté dans les bras d'une inconnue. L'innocente Izzy, femme de chambre dans le palace où il séjourne en Angleterre, est exactement celle qu'il recherche ! Non seulement elle ignore tout de son statut royal, mais ses manières naïves et la douceur de son regard représentent un défi supplémentaire pour lui. Et surtout, la promesse d'une nuit inoubliable…

La passion de Gia, de Jennifer Faye - N°4318

SÉRIE : *L'HÉRITAGE DES BARTOLINI* - 2/3

Elle n'est pas une Bartolini. Face à cette révélation qui fait éclater tous ses repères, Gia est aussi bouleversée que déterminée à retrouver son père biologique. Partie à la recherche de ses origines, elle arrive sur la petite île italienne de Lapri. Et, plus précisément, sur le pas d'une maison abandonnée dont le nouveau propriétaire l'accueille avec froideur. Riccardo Moretti est en effet persuadé que Gia est une intrigante, jusqu'à ce qu'elle lui raconte son histoire. Bientôt pourtant, tandis que la passion flambe entre eux, une question vient tarauder Gia. Se pourrait-il qu'en renouant avec son passé elle ait trouvé l'homme qui partagera son avenir ?

Liée à un Xenakis, de Maya Blake - N°4319

SÉRIE : *AUDACIEUX MILLIARDAIRES* - 2/2

Il y a deux mois, je me rendais chez Neo Xenakis pour m'excuser de l'erreur terrible que j'avais faite, et qui lui était préjudiciable. Seulement voilà, la passion a brusquement pris le dessus et, d'un regard intense à un baiser brûlant, je me suis retrouvée dans le lit du puissant Grec. Que dois-je faire aujourd'hui ? Avouer à Neo que j'attends un enfant de lui ? Parce qu'il est persuadé de ne pouvoir engendrer d'héritier, me croira-t-il quand je lui révélerai que notre unique nuit d'amour nous a liés à jamais ?

La révélation d'une maîtresse, de Dani Collins - N°4320

SÉRIE : *FRÈRES RIVAUX* - 2/2

Neuf mois. Cela fait neuf mois que Javiero Rodriguez n'a pas revu Scarlett Walker. Aussi est-il stupéfait de la retrouver sur le point d'accoucher de son enfant ! Bien qu'il n'ait jamais envisagé de fonder une famille, il décide aussitôt d'assumer ses responsabilités en épousant Scarlett. Après l'enfance désastreuse qu'il a vécue, il veut offrir à son fils un foyer stable. Reste à convaincre Scarlett qu'une union de convenance est la seule option possible pour eux, malgré la passion qui les unit autant qu'elle les oppose…

La conquête d'une princesse, de Rebecca Winters - N°4321

SÉRIE : *PRINCESSES ET MARIÉES* - 1/3

En tant que princesse, Lanza connaît son devoir. Bientôt elle épousera Stefano, le prince d'Umbriano, qu'elle n'a jamais rencontré. Cette union de pure convenance, décidée par leurs familles respectives, permettra une alliance entre leurs deux royaumes ; c'est une promesse de paix, et elle compte bien l'honorer ! Seulement, sa rencontre avec son futur époux la bouleverse. Stefano fait aussitôt battre son cœur, si bien que Lanza se prend à rêver que leur mariage puisse faire éclore de tendres sentiments…

Une héritière à dompter, de Sharon Kendrick - N°4322

Plus jeune, Loukas Sarantos n'était qu'un simple garde du corps. Désormais, il est l'un des hommes les plus riches de la planète et peut s'offrir tout ce qui lui plaît. Alors, si son choix d'investissement s'est porté sur Lulu, une entreprise de bijoux aux ventes déclinantes, il ne s'agit pas d'un hasard. Non, s'il a racheté la firme, c'est pour avoir du pouvoir sur son égérie, Jessica Cartwright. Jessica, celle qui lui a brisé le cœur des années plus tôt, en refusant sa demande en mariage sous prétexte qu'il n'était pas assez riche pour la satisfaire. Mais aujourd'hui l'heure de la vengeance a sonné : Loukas tient le destin de Jessica entre ses mains…